共和国故事

独领风骚

——中央关于企业股份制改革政策出台

董 胜 编写

吉林出版集团股份有限公司

图书在版编目（CIP）数据

独领风骚：中央关于企业股份制改革政策出台/董胜编. — 长春：吉林出版集团股份有限公司，2009.12

（共和国故事）

ISBN 978-7-5463-1803-5

Ⅰ. ①独… Ⅱ. ①董… Ⅲ. ①纪实文学 – 中国 – 当代 Ⅳ. ①I25

中国版本图书馆 CIP 数据核字（2009）第 236763 号

独领风骚——中央关于企业股份制改革政策出台
DU LING FENGSAO　　ZHONGYANG GUANYU QIYE GUFENZHI GAIGE ZHENGCE CHUTAI

编写　董胜	
责任编辑　祖航　李娇	
出版发行　吉林出版集团股份有限公司	
印刷　三河市嵩川印刷有限公司	
版次　2010 年 1 月第 1 版	2022 年 1 月第 8 次印刷
开本　710mm×1000mm　1/16	印张　8　字数　69 千
书号　ISBN 978-7-5463-1803-5	定价　29.80 元
社址　吉林省长春市福祉大路 5788 号	
电话　0431 – 81629968	
电子邮箱　tuzi8818@126.com	
版权所有　翻印必究	
如有印装质量问题，请寄本社退换	

前　言

自1949年10月1日中华人民共和国成立至今，新中国已走过了60年的风雨历程。历史是一面镜子，我们可以从多视角、多侧面对其进行解读。然而有一点是可以肯定的，那就是，半个多世纪以来，在中国共产党的领导下，中国的政治、经济、军事、外交、文化、教育、科技、社会、民生等领域，都发生了深刻的变化，中国人民站起来了，中华民族已屹立于世界民族之林。

60年是短暂的，但这60年带给中国的却是极不平凡的。60年的神州大地经历了沧桑巨变。从开国大典到60年国庆盛典，从经济战线上的三大战役到经济总量居世界第三位，从对农业、手工业、资本主义工商业的三大改造到社会主义市场经济体制的基本确立，从宜将剩勇追穷寇到建立了强大的国防军，从废除一切不平等条约到独立自主的和平外交政策，从"双百"方针到体制改革后的文化事业欣欣向荣，从扫除文盲到实施科教兴国战略建设新型国家，从翻身解放到实现小康社会，凡此种种，中国人民在每个领域无不留下发展的足迹，写就不朽的诗篇。

60年的时间在历史的长河中可谓沧海一粟。其间究竟发生了些什么，怎样发生的，过程怎样，结果如何，却非人人都清楚知道的。对此，亲身经历者或可鲜活如昨，但对后来者来说却可能只是一个概念，对某段历史的记忆影像或不存在，或是模糊的。基于此，为了让年轻人，特别是青少年永远铭记共和国这段不朽的历史，我们推出了这套《共和国故事》。

《共和国故事》虽为故事，但却与戏说无关，我们不过是想借助通俗、富于感染力的文字记录这段历史。在丛书的谋篇布局上，我们尽量选取各个时代具有代表性或深具普遍意义的若干事件加以叙述，使其能反映共和国发展的全景和脉络。为了使题目的设置不至于因大而空，我们着眼于每一重大历史事件的缘起、过程、结局、时间、地点、人物等，抓住点滴和些许小事，力求通透。

历史是复杂的，事态的发展因素也是多方面的。由于叙述者的视角、文化构成不同，对事件的认知或有不足，但这不会影响我们对整个历史事件的判断和思考，至于它能否清晰地表达出我们编辑这套书的本意，那只能交给读者去评判了。

这套丛书可谓是一部书写红色记忆的读物，它对于了解共和国的历史、中国共产党的英明领导和中国人民的伟大实践都是不可或缺的。同时，这套丛书又是一套普及性读物，既针对重点阅读人群，也适宜在全民中推广。相信它必将在我国开展的全民阅读活动中发挥大的作用，成为装备中小学图书馆、农家书屋、社区书屋、机关及企事业单位职工图书室、连队图书室等的重点选择对象。

编　者

2010年1月

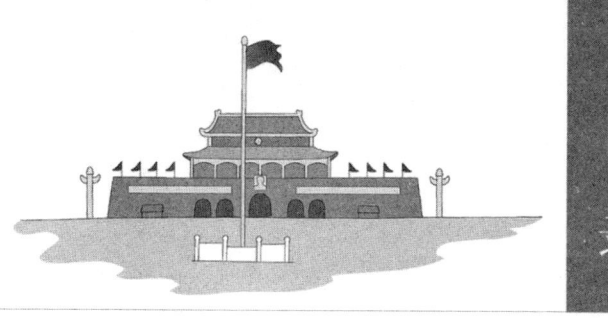

目录

一、改革探索

中央下发经济体改文件 /002

理论界关于股份制的大讨论 /005

体改委召开试点座谈会 /007

党的十五大指明股份制发展方向 /010

李岚清对规范持股作出指示 /014

中组部提出股份制要求 /018

李岚清指示深化股份制改革 /021

二、实践措施

企业实行新的运行机制 /026

北京市委出台企改政策 /030

海南大胆推行股份制 /034

山东试点转制与股份制 /039

黑龙江实行股份制改造 /046

吉林深化国企股份制改革 /049

安徽加大企业改革力度 /053

四川德阳国企全方位重组 /057

泉州、济南力促经济发展 /065

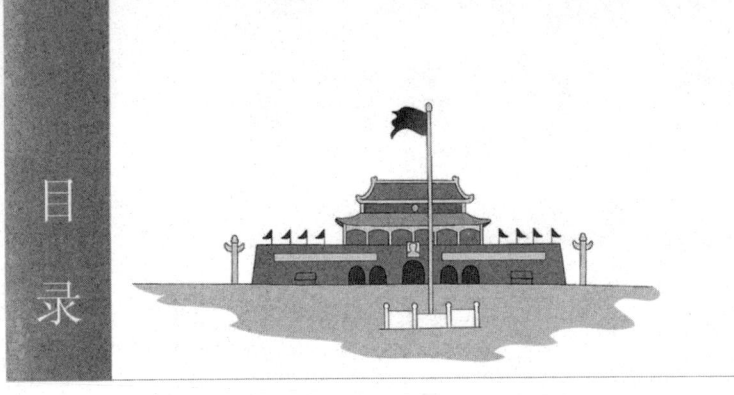

目录

三、美好前景

广东企业产品打入国际市场/072

钢铁企业股份制激发活力/076

股份制激发职工责任感/081

实行股份制效益大增/084

华药股份制改造显生机/089

玉柴崛起不断创造奇迹/092

转换经营机制新步伐/100

把股民压力变成动力/103

企业改制业绩突出/107

促进事转企与企社分离/112

河海公司改组为股份制/115

一、改革探索

- 党的十五大报告中明确提出:"建立现代企业制度是国有企业改革的方向。"

- 李岚清指出:"国有企业不是不能搞活,更不是没有优越性的,关键还是在于改革。"

中央下发经济体改文件

1984年,中央1号文件《关于1984年农村工作的通知》中称:

  投资入股:鼓励集体和农民本着自愿互利的原则,将资金集中起来,联合兴办各种企业,尤其要支持兴办开发性事业。

鼓励农民向各种企业投资入股,由此正式拉开了股份制改革的序幕。

政府对这种集资入股经营形式,多次在文件中予以肯定和支持,以后逐步发展成以集体经济或联户合作经济为基础的"股份合作制"。

中央在《中共中央关于经济体制改革的决定》中进一步提出:

  要在自愿互利基础上广泛发展全民、集体、个体经济相互间灵活多样的合作经营和经济联合。

在这一原则的指导下,随着横向经济联合的发展而兴起的地区间的物资协作,后来发展到企业间的技术和资金协作。

在党的十一届三中全会后,我国农村某些社办企业,为扩大生产能力,自发地采用集资入股、股份合作、股金分红的办法,使企业规模越搞越大,企业充满了活力。

农民通过各种生产要素入股,形成了农村股份合作制企业,这就是股份制的雏形。

早在1978年,江苏省华西村就在全国率先兴起了股份制,极大地激励了群众的生产积极性。

在农村进行股份制改革时,城市也出现了一些国营和集体企业对内发行股票,集资搞技术改造。有少数企业向社会发行非正规股票,用股份公司的经营方式管理企业。

1983年,深圳宝安县联合投资公司在深圳首次公开发行股份证。

1984年以后,组建股份制企业规模有了较大发展。

1984年11月,由上海电声总厂发起成立的上海飞乐音响公司,向社会公开发行股票,成为较规范的股份制有限公司。

1984年7月25日上午,中国第一家股份制企业北京天桥百货股份有限公司成立,意义非凡。表面看,新中国消灭的旧中国的东西又回来了,但是,它实际上喻示着中国市场经济体制改革的深化,商业企业股份制的改革,中国金融市场的起步。

北京天桥百货商场改制后,公司实行董事会领导下的总经理责任制。公司成立之初,开始发行第一期股票,由当年新成立的中国工商银行总代理。

同时,公司实行全员劳动合同制,采取择优汰劣的用工制度,根据不同情况与职工签订短期、中期、长期合同;推行干部聘任制;总经理同中层经理签订任期目标责任书;打破原来的级别工资制,实行效益与奖金、工资挂钩的分配制度。

很久以后,仍有人珍藏着这张股票。土蓝色勾边,大小如壹元人民币,还附有一张草绿色的股息、红利票。

背面注明:

> 5年还本,除分红外,还保证每年5.4%的利息。

第一期的股票最初卖出了300万张,有些人还是打折买到的。

1988年,"天桥"又发行了第二期700万元股票,1993年5月,"天桥"在上海证券交易所上市。由此,"天桥"成为中国第一家正式注册股份制企业、第一批规范化股份制企业、第一批异地上市股份制企业……

1986年6月,中国工商银行上海信托投资公司静安证券部挂牌进行股票的柜台交易,成为新中国首次进行的股票市场交易。

1987年以后,各地股份制企业的试点迅速增多。

理论界关于股份制的大讨论

就在股份制企业不断试验和涌现的时候,理论界对股份制进行着一场大讨论。

这场争论的分歧主要集中在两个方面,一是有关股份制经济性质的争论,即股份制"姓社""姓资"的问题;二是关于股份制的实践结果,股份制能否成为全民所有制企业改革的方向问题。

关于股份制的性质问题,一种观点认为,股份制作为一种财产组织形式,早于资本主义,不是资本主义所特有的。相反,是股份制拯救了资本主义。

股份制不隶属于某一特定的制度形态,不应给股份制贴上"姓社"或"姓资"的标签。

社会主义市场经济本身就孕育着股份制经济,是客观经济过程的必然趋势,它不是我们的主观意志所能决定的。

股份制经济是社会化大生产的产物,是社会商品经济的组织形式和产权制度。资本主义可以利用,社会主义也可以利用,同样可以为公有制经济服务。

持这种观点的人,主张积极地发展社会主义股份制经济。

另一种观点则是根本否定股份制,认为股份制会瓦解社会主义公有制，搞资产阶级自由化的人，就是借股份制之名，行自由化之实。

两种观点的争论直到1992年邓小平视察南方谈话之后才基本结束。通过争论，对股份制的认识才逐渐趋于明朗，并形成共识。

绝大多数学者认为："社会主义也可以发展股份制经济。""姓公"还是"姓私"是由出资人的性质决定的，法人财产本身是一种混合所有制，没有"公私"之分。

此外，还同时存在对股份制实施后果的争论。一些人担心实施股份制将削弱公有制地位、产生食利者阶层等，并认为国有企业不宜推行股份制。

另一些学者则积极主张搞股份制，认为在一般竞争性行业中，股份制企业将代替现有国有大中型企业。

股份制的积极倡导者，著名经济学家厉以宁教授认为，我国企业，尤其是大中型全民所有制企业，并未真正地活起来。原因就在于，当时的改革并未触及产权关系，国家仍牢牢掌握着所有权，只给企业部分经营权。股份制是明确企业产权关系的最好形式。

经过讨论，大家普遍认为，股份制不会削弱公有制地位，国有资产由实物形态改变为货币形式，只是资产形态发生了变化，本质上并不是国有资产的流失。股份制可以而且能够成为全民所有制企业的改革方向。

在党的十五大报告中，对股份制作出了科学的结论，从而结束了持续多年的关于股份制的争论。

体改委召开试点座谈会

1992年2月29日至3月4日,国家体改委、国务院生产办公室联合在深圳市召开了"股份制企业试点工作座谈会"。

这次会议交流了股份制企业试点工作的情况,研究了股份制经营方式对转换企业经营机制的作用,拟定了《股份制企业组建和试点工作的规范意见》及配套的10项政策规定。

参加会议的有中央国家机关13个部门,14个省、市的体改委、计经委、金融、资产管理机构,21个股份制试点企业,以及3位从事股份制研究的理论工作者,共130余人。

在这次会议期间,恰逢邓小平的重要谈话在全国传达。这个重要谈话,对会议具有十分重大的指导意义,并给与会同志以极大鼓舞。

这次会议开得很及时,特别是国务院13个部门经过协调,针对当前股份制企业组建和试点工作中的迫切需要,共同提出、拟定了《股份制企业组建和试点工作的规范意见》及配套的10项政策规定,引起了很大反响,成为会议研究和讨论的重点。

在座谈中,与会者回顾和总结了几年来的股份制试点工作,一致认为,股份制经营方式对转换企业经营机制、增强企业活力、筹集资金发展经济、保证国有资产的保值和增值,以及调整产业结构等都具有积极的作用。

这次会议提出:要积极地、坚定不移地继续搞好股份制试点。

与会同志一致认为,当前股份制企业组建和试点中的问题,并不是股份制本身带来的,更多的是外部环境、知识不足和缺乏工作经验造成的。

会议提出,下一步的工作不应按现有的不规范模式扩展数量,而是要加强指导,明确要求,帮助现有股份制企业按规范化的要求不断完善,积极进行新的规范化股份制企业的试点。

会议还提出,股份制只是企业多种经营方式的一种,在当时的条件下,各种经营方式对搞好企业都有一定的作用,又都有一定的局限性,并且又有着共同需要改革的外部环境和条件。应该鼓励企业从各自的实际情况出发,选择适合自己情况的经营方式,不要一哄而起,都搞股份制。

这次会议对下一步进行股份制试点提出的指导思想是:

坚决试,不求多,务求好,不能乱。

会议指出,现在各地搞股份制试点,特别是要求公开发行股票和建立股票市场的呼声很高。这种热情是好的，但必须积极引导，扎扎实实地进行工作。

一定要胆子大，步子稳，工作实，分阶段地把工作做好。所谓搞好，就是严格按照基本规范进行试点，试出效果来。

会议对下一步试点工作提出建议：

  一是尽快制定股份制企业组建和试点的法规、办法。
  二是加强宣传、培训等基础工作。
  三是研究加强对股票市场的管理。
  四是抓住时机，创造条件，分阶段、有步骤地推进试点工作。

此外，国家体改委准备直接抓若干个股份制企业进行试点，推进规范化工作，并继续同上海、深圳两市一起研究股票上市的股份制企业试点中的有关政策和配套改革措施。

同时，还准备按照规范化的要求，本着坚决试点、从严把握、分步推进的精神，同广东、福建、海南省落实搞好向社会公开发行股票的扩大试点工作，并研究不上市股票过户转让的办法和方式，确保这些省、市股份制试点工作积极稳妥地进行。

党的十五大指明股份制发展方向

1992年4月28日,国务院发出关于批转国家体改委、国务院生产办公室《关于股份制企业试点工作座谈会情况的报告的通知》。

"通知"指示:

国务院同意国家体改委、国务院生产办公室《关于股份制企业试点工作座谈会情况的报告》,现转发给你们,请参照这个报告进行股份制企业试点的准备工作。

股份制企业试点工作是一项政策性强、涉及面广的重要改革。因此,必须加强领导,既要大胆试验,又要稳步推进,严格按照规范化的要求进行。

国务院责成国家体改委会同有关部门抓紧修订组建股份制企业的规范意见和试点办法,尽快下发试行。

"通知"强调:

在试点工作中要严格按国务院规定的审批

制度办事。法人持股的股份制企业试点和企业内部职工持股的股份制企业试点，由省、自治区、直辖市体改部门牵头，会同有关部门审批。向社会公开发行股票不上市的股份制试点，目前只在广东、福建、海南省进行，其试点办法和发行股票的规模必须经中国人民银行和国家体改委批准。

公开发行股票并上市交易的试点，目前只在上海、深圳两市进行，未经国务院批准，其他地方一律不得设立进行股票交易的证券交易机构。

上海、深圳以外的其他地区具备上市条件的股份制企业，经国务院股票上市办公会议批准后，可到上海、深圳两市的证券交易所异地上市交易。

"通知"要求注意做好股份制基本知识的宣传普及工作，搞好人才培训，为股份制试点健康发展创造条件。

"通知"下发后，各地政府和有关部门积极行动起来，全力进行股份制企业试点的准备工作。

1997年，党的十五大报告中明确提出：

建立现代企业制度是国有企业改革的方向。

报告同时指出:

> 股份制是现代企业的一种资本组织形式,有利于所有权和经营权的分离,有利于提高企业和资本的运作效率,资本主义可以用,社会主义也可以用。不能笼统地说股份制是公有还是私有,关键看控股权掌握在谁手中。

这个科学的结论,对我国新时期股份制的理论和实践有着十分重要的指导意义,它指明了股份制实施的理论和实践方向。

早在1992年,针对股份制问题的争论,邓小平在视察南方谈话中指出:

> 允许看,但要坚决地试。

党的十四大报告又正式确立了社会主义市场经济体制改革的目标。

邓小平的视察南方谈话和党的十四大报告极大地刺激了我国企业股份制改造的步伐。

全国各城市经批准先后建立了近400家股份制试点企业,使全国股份制企业达到3700多家。

同时,国务院还批准9家国有企业改组为股份公司,并到香港和境外上市。

1993年11月，党的十四届三中全会《关于建立社会主义市场经济体制的若干问题决定》提出了国企必须进行制度创新：

> 深化国企改革，必须解决深层次问题，着力进行制度创新，建立现代企业制度。
>
> 公司制股份制是建立现代企业制度的有益探索。

1997年9月，党的十五大报告又提出，国有经济要实行战略性转移，有进有退，抓"大"放"小"，有所为有所不为。党的十五大之后，国有大中型央企开始出现稳定良好的局面。

股份制改革给中国经济带来的巨大成就，充分表明社会主义与市场经济可以很好地结合，也表明解放思想的巨大力量。

党的十五大报告有关基本经济制度的论述，即以公有制为主体、多种所有制经济并存的表述，进一步肯定和巩固了此前改革所取得的成果。

正是这种渐进的、不断创新的中国式改革，造就了今天中国的巨大成就。

李岚清对规范持股作出指示

内部职工持股是1993年国有经贸企业股份制试点的一项重要工作。

1993年,中共中央政治局委员、国务院副总理李岚清在广交会各省、市外经贸厅负责人座谈会上强调:

一是这项重大的改革措施,关系到整个股份制试点工作的顺利进行和国有企业经营机制的转变。我们一要持积极态度。二是必须按国家有关规定和规范进行,绝不能把好事办坏,将改革引向歧途。

李岚清特别强调了内部职工持股首先要按照规范进行试点。

实行企业内部职工少量持股的股份制,有助于找到一种能够充分调动职工积极性的公有制的有效实现方式。这对国有经贸企业来说,是十分紧迫和重要的问题。

如果不按规范进行,就可能把一项带有根本意义的改革给搞坏、搞乱,把好事变成坏事。

李岚清强调,我们绝不允许把属于国家和集体的财产,以股份的形式划到个人头上。

国务院办公厅在 1993 年转发的《关于立即制止发行内部职工股不规范做法的意见》，提出暂缓审批定向募集股份有限公司。

这是为了清理和制止不规范做法而采取的应急措施，并不意味国家的股份制试点政策有了改变。

李岚清说，指导股份制改革的方针仍然是：

积极试点，严格规范，稳步推进，健康发展。

李岚清要求各地认真贯彻国办转发的《关于立即制止发行内部职工股不规范做法的意见》。

1994 年 2 月下旬，由中国经济体制改革研究会、中国社会科学院工经所、财贸所、《人民日报》理论部、《经济日报》理论部、《光明日报》理论部和四川省社会科学院等 20 家单位发起，成都市人民政府主办的"中国股份制改革理论与实践研讨会"在成都召开。

与会的专家学者围绕我国股份制改革的理论与实践问题，进行了深入的探讨。

关于股份制改革的必要性问题，有的代表认为，对国有企业进行股份制改造，是市场经济条件下企业体制改革的一种模式选择。

要建立市场经济，就必须形成符合市场机制的现代企业制度，国家与企业关系处理不好，主要是关系不能量化，股份制企业形式使国家和企业在处理关系时有了客观依据。

实现企业机制转换和为国有企业筹集资金，同是股份制改革的重要理由。

关于股份制改革的速度问题，有的代表认为我国股份制改革速度快了一点，主要表现为许多人持有股票无法套现，致使股票市场严重贫血，没有资金入市。

因此，从发展股份制角度出发，必须放慢股份制改革速度，扶持股市正常、健康发展，从而推动企业股份制改革。

也有的代表认为，我国股份制改革过程的特征是改革想法早、改革起步早和发展缓慢。从我国股份制改革的现实来看，本可以发展得再快一点。当前，实行股份制改革的企业，在中国数万家国有企业中所占的份额还是比较小的。

在不同的地区，股份制改革的进程也不一样，有的地方还须加快这一步伐。

关于股份制改革的目标模式特征，有的学者认为，改革的目标是建立现代企业制度，而现代企业制度的标准形象有5个特征：一是企业法人化；二是产权企业化；三是盈亏自负化；四是责任有限化；五是经营自主化。

在这5个特征中，产权企业化是核心，其他都是派生出来的。

有的学者认为，股份制在现代社会生产组织形式上有以下特点：一是企业产权组织是公司制，产权是组织运行和发展的基础；二是权责清楚，在股份制内部股东大会、董事会、总经理等所扮演的角色不一样，彼此关系清晰；三是政企分开，股份制企业运行独立于政府行政行为；四是管理科学，股份制的内在组织为其科学管理创造了条件；五是企业社会责任心强，由于它最具社会性特征，因而许多社会责任成了它自觉的需要。

由于这些特点，可以说，股份公司是现代企业制度的典型形式。

中组部提出股份制要求

1994年,中共中央组织部发出通知,要求在新的形势下,切实加强以公有制成分为主的股份制企业中党的工作。

"通知"强调,搞好股份制试点工作,必须坚持党的基本路线,按照党中央、国务院的有关规定和要求进行。既要大胆借鉴世界各国反映现代社会化生产规律的先进经验,又要继承和发扬我们自己的优势,加强党对股份制企业的领导,加强股份制企业中党的工作,充分发挥党组织的战斗堡垒作用和共产党员的先锋模范作用,以增强企业活力,促进社会主义市场经济的发展。

"通知"指出,股份制企业中党的基层组织处于政治核心地位,发挥政治核心作用,围绕生产经营开展工作。

其主要任务是:

1. 贯彻执行党的基本路线,保证监督党和国家的方针政策的贯彻执行;

2. 对企业生产经营、技术开发、行政管理、人事管理等方面的重大问题提出意见和建议,参与企业重大问题的决策;

3. 加强党组织的思想、组织、作风建设,

在企业的改革和发展中充分发挥基层党组织的战斗堡垒作用和共产党员的先锋模范作用;

4. 领导企业思想政治工作和精神文明建设,培育适应现代企业制度和企业发展要求的有理想、有道德、有文化、有纪律的职工队伍;

5. 支持股东会、董事会、监事会和经理依法行使职权,领导职工代表大会和工会、共青团等群众组织,协调企业内部各方面的关系,引导、保护和发挥各方面的积极性,同心同德办好企业。

"通知"指出,股份制企业党组织领导班子的配备,必须坚持干部队伍"四化"方针和德才兼备的原则。主要成员一般应具备做好党务工作与经济工作的双重素质。

党组织负责人可与董事会、监事会负责人或经理、副经理适当交叉任职。

条件具备的,党委书记和董事长,或者党委书记和总经理,可由一人担任。

规模较大、职工和党员人数较多的企业,应设专职党委副书记。党委书记与董事长、总经理分设的,董事长或总经理具备条件的,可以兼任党委副书记。

党委成员进入董事会、监事会,董事、监事、经理、副经理进入党委班子,要严格按照《党章》《公司法》和其他有关规定办理。

"通知"要求,在组建股份制企业时,党组织的设置与调整工作应同步考虑和安排。凡具备条件的,应及时建立党的基层委员会、总支部委员会和支部委员会。

股份制企业中的股东会、董事会、监事会与党委会、职工代表大会、工会等组织,不能互相代替,但有关负责人员可以适当相互兼职。

党组织要积极支持其他组织,按照各自的章程和有关规定开展活动,主动协调好企业内部各方面的关系,通过强有力的思想政治工作和深入细致的群众工作,凝聚各方的力量,使之紧密配合,互相补充,共同推动企业的改革与发展。

"通知"强调,股份制企业党组织要从企业资产结构、领导体制、经营机制、用工与分配制度等方面的特点出发,认真改进工作方法和活动方式。

对企业生产经营方面的重大问题,党组织要认真讨论研究,向董事会、经理提出意见和建议,而不应直接决策和指挥。要把加强党的思想政治工作与培育企业精神、建设企业文化、解决职工实际问题结合起来。要在国家有关股份制企业的法律、法规的范围内,紧紧抓住生产经营这个中心,围绕企业的改革和发展,积极主动地开展党的活动。

李岚清指示深化股份制改革

1994年4月1日,在轻工总会召开的近30个大中城市轻工厅局负责人学习推广北京一轻综合配套改革经验现场会上,李岚清指出:

北京一轻总公司创造的经验证明,国有企业的困难不是不可以克服的,国有企业不是不能搞活,更不是没有优越性的,关键还是在于改革。

北京一轻系统的领导和同志们,在邓小平视察南方谈话和党的十四大精神指引下,在北京市委、市政府和中国轻工总会、国家体改委、国家经贸委等部门的大力支持下,从实际出发,探索新路子,把企业产权制度改革、土地使用制度改革、人事劳动制度改革、职工培训制度改革、社会保障制度改革和政府职能转变等通盘考虑,提出了"资产增值、产业转移、职能转变、机制转换、职工分流"的综合配套改革思路,并在系统内运作实施,取得了明显成效,促进了北京一轻工业的发展和经济效益的提高。

这个经验的成功之处,就是他们把单个企业的搞活发展为综合、协调、整体地搞活国有企业,并同城市改造规划、产业和产品结构的调整,同新的运行机制有机结合,使资金、劳力、技术等生产要素在市场中优化组合,产生了新的产业和新的效益。

李岚清认为:这项改革措施,体现了生产关系调整与生产力调整的统一,体现了改革、发展与稳定三者的统一,符合党的十四届三中全会决定和今年(1994年)的工作大局。

在政府职能转变中,有些部门的领导认为,把企业推向市场是企业自己的事,政府部门无事可做,这是对社会主义市场经济体制的误解。

李岚清指出,轻工总会选择北京一轻系统综合配套改革这一典型经验,组织机关部门现场调查研究,并向全国轻工系统发出通知推荐学习,这次又召开现场会,体现了总会职能的转变和工作作风的转变。希望轻工行业在充分调动各种所有制性质企业积极性的同时,要特别注意搞活国有企业。

李岚清同时指出,轻工行业还有占企业总数70%的集体企业,也要注意深化集体企业的改革,做好集体企业的股份制改造工作。

党的十四大确立了建立社会主义市场经济体制的改革目标。社会主义的经济基础是公有制,要建立社会主义市场经济,其实质就是要实现国有经济与市场经济的对接。

但是,这种对接该怎么搞?如何在市场经济中管理国有资产、发展国有经济？这些都有待探索，没有现成的经验可以借鉴。

在探索的过程中，国有企业改革也走过弯路，遇到过困难。在1998年国有企业发展最艰难的时候，三分之二以上的国有企业亏损。当时，经济界人士对国有企业的前景普遍比较悲观。

国有企业经营困难的根本原因是存在一些阻碍企业发展的体制性问题。各级政府既行使公共管理职能，又行使出资人职能，国有资产监督管理职能分散在多个部门，对企业干预过多，无人对国有资产的保值增值真正负责。

党的十六大和党的十六届二中全会，提出深化国有资产管理体制改革的重大任务，明确了国有资产管理体制改革"三分开、三统一、三结合"的原则。

"三分开"，即政企分开，政府授权国有资产监督管理机构对企业国有资产履行出资人职责，不直接管理国有企业；政资分开，国有资产监督管理机构不行使政府社会公共管理职能，政府其他机构、部门不履行企业国有资产出资人职责；所有权与经营权分开，国有资产监督管理机构不得直接干预企业的生产经营活动。

"三统一"，即权利、义务和责任相统一。

"三结合"即管资产和管人、管事相结合。

2003年，国务院成立国资委以后，国资委以经营业绩考核为抓手，层层落实保值增值责任；以财务监督和风险控制为重点,形成了一套强化出资人监管的制度和办法。

时任国资委主任的李荣融回忆说:

> 国资委刚成立时,我和中央企业负责人说过一句话:国务院宣布我是第一责任人,我感到责任重大,睡不着觉。我要睡着,就要让你们也承担责任,也睡不着;你们要睡着了我就睡不着。

李荣融说,国资委抓住了两个核心,一个是要管住账本,一个是要管住人。中央企业的账本都要做成铁账、实账,不许虚报。

在管人方面,要一把尺度对人,公平对待,靠业绩说话,不亏待老实人。对于亏损企业,企业领导必须负责,扭转局面,共产党不培养亏损干部。

国有资产管理体制的创新,进一步激发了国有企业的活力,国有企业改革取得了重大进展,进入了一个新的发展阶段。

二、实践措施

● 德阳市委书记李永寿回答："采用了兼并联合的办法，将亏损企业都装进优势企业的肚子里了。"

● 德阳市市长严如高常说："好企业必有好厂长，要搞好国有企业，必须搞好企业领导班子建设。"

● 济南市市长张建国说："以发展为第一要务，国企改革就是要改出生机、改出活力、改出后劲，将劣势企业改为优势企业，把不良资产变为优良资产。"

企业实行新的运行机制

在"七五"期间，我国工业经济体制改革取得实质性进展，工业经济的宏观运行机制和微观运行机制发生了显著变化，给大批企业带来了活力和生机。

以公有制为主体、多种经济成分并存的工业格局进一步得到巩固和发展。在"七五"时期，非国营企业发展快于国营企业，导致所有制结构发生新的变化。

多种经济成分并存格局的进一步发展，使整个工业经济生机盎然，对于搞活城乡经济、方便人民生活、鼓励企业竞争，起到了重要作用。

在"七五"时期，工业品价格体系改革由"六五"时期的以调为主，转为调放结合。

"七五"期间，通过简政放权，下放企业，扩大企业自主权，使全民所有制企业开始由政府部门的附属物，向商品生产者和经营者转变。

国务院先后发布企业扩权10条、20条，企业在生产经营领域的自主权，逐步扩大到产品生产、销售、价格、职工工资和劳动管理制度、企业联营、投资等方面。

尤其是《企业法》的颁布，标志着企业生产经营自主权有了法律保证。

到1990年，全国已有90%以上的工业企业实行了厂长、经理负责制，初步形成了厂长、经理对生产经营全面负责、党委保证监督、职工民主管理的新领导管理体制。

1986年以来，按照所有权与经营权分离的原则，工业企业全面推行了各种形式的承包经营责任制。全民所有制工业企业承包面已超过90%。对股份制以及多种形式的企业放开经营，也进行了有益的探索。

各种形式的企业工资总额与经济效益挂钩浮动的办法，也获得大面积推广。

到1989年底，全国实行"工效"挂钩的国营工业企业已超过70%。许多企业实行了适合本企业特点的计件工资、结构工资、岗位工资、浮动工资等分配形式，对于打破平均主义、调动职工积极性，起到了一定的作用。

此外，企业之间的兼并、联合也有了较快的发展。企业集团不断壮大，有效地促进了经济的快速发展。

进入20世纪90年代，随着治理整顿工作的进展，经济环境相对宽松，改革面临新的机遇。

在全国450个城市中，经济体制改革综合试点市、金融体制改革试点市、生产资料市场试点市占四分之一，改革势头正旺。

为了让企业这个"城市经济的细胞"充分释放活力，进一步完善企业承包经营责任制成了城市深化改革的"主攻目标"。

针对企业外部环境不稳定的情况，一些城市大面积地推行全员风险抵押承包。通过建立和强化风险机制，形成了经营者与职工同包、同利、同险的利益共同体。

1989年，南京市企业承包成功率达到86%。税后承包租赁制和股份制试点，也有新的进展。

各城市结合产业政策、整体效益、扶优限劣等整治目标，普遍地将企业兼并作为调整结构的重要措施。

济南、沈阳、青岛、南通4个市，到1990年已有300多家优势工业企业兼并、合并了300多家亏损、微利企业。

同时，朝着多层次、规模化发展的企业集团队伍不断壮大，也为经济结构调整注入了生机，并形成了一批出口创汇的"集团军"。

劳动工资制度的改革，也逐步向深层次不断推进。计件、定额等多种工资的分配形式，已深深扎根于企业之中。

到1990年，江南工业明星城市无锡，有95%的职工实行工资与经济效益挂钩。青岛市在企业普遍推行退休费统筹的基础上，又有1100多家企业的32万名职工，实行医疗保险制度改革。

横向经济联合出现新的发展势头，注重结构调整、外向发展、资源开发和产品销售，成为许多城市的共同追求。

北京市在邻近省、区先后投资4500多万元，联合兴办了生铁、化工、饲料、建材、电力等一批原材料基地，使北京市的经济发展有了更多的"源头活水"。

金融体制改革方兴未艾,城市金融市场融通资金的作用明显增强。

到 1990 年,全国各大城市已普遍成立了金融市场,资金融通的数量、范围日益扩大,中心城市的功能得到了强化。

北京市委出台企改政策

1991年10月25日，中共北京市委工作会议提出，要进一步深化企业改革，加快建立"企业有生有死、干部能上能下、职工能进能出、收入有高有低"的竞争机制，真正使企业成为自负盈亏、自主经营、自我发展、自我约束的社会主义商品生产者和经营者。

为了进一步搞好国营大中型企业，北京市正式出台15条政策，其主要内容是：

> 采取多种形式，转换企业经营机制，在一批企业、企业集团和行业，进行投入产出总承包试点；有的企业可以比照中外合资企业政策进行改革试点；与外商合资，引进资金、技术和管理；继续进行股份制改革试点；继续搞好利税分流、税后还贷改革试点；进一步完善"两保一挂"承包经营责任制，企业可以根据自身实际，任选以上一种改革形式或采取其他转变机制的改革形式，制定改革方案，经市有关部门审核、认定、批准后分期分批实施。

同时，选择一部分亏损企业实行了减亏承包责任制。

对扭亏无望和无发展前途的企业，实行关停并转，并在少数企业进行破产试点。

北京市还规定：

> 从1992年至1995年，市政府每年拿出一笔资金，用于建立国营大中型工业企业的技术改造资金；适当提高企业折旧率；增加新产品开发基金；多渠道补充企业自有流动资金，对闲置的厂房、设备等固定资产，企业可以租赁、有偿转让，其收入全部用于企业技术改造和补充流动资金；除国家定价和极少数关系人民基本生活的工业产品外，其余工业产品由企业自主定价；凡开发生产高新技术产品的企业，可享受新技术产业开发试验区内新技术企业的优惠政策；给予有条件的国营大中型工业企业外贸经营自主权。

北京市委一系列企改政策的出台，为进一步深化企业改革提供了有力的保障。

1993年1月至6月，北京社会商品零售总额实现260.6亿元，增长幅度达到28.7%，商业发展进入了历史的最好时期。

分配制度的改革，激发了广大商业职工的积极性。西单商场实行联销、联利奖励计酬的分配办法后，市商委及时总结,并在国有大中型企业中进行推广。

商场职工说:"我们不去外面找第二职业,要想多挣钱,在商场好好干就行了。"

消费品市场进一步向统一、开放、通畅、活而有序的方向发展。

继 1992 年底肉、蛋、菜价格放开后,1993 年 5 月 10 日,又全面放开粮油购销价格,同时取消了与居民生活息息相关的粮油票证。

至此,除个别商品和服务项目价格外,实现了按照价值规律和市场供求关系,由生产者和经营者自行定价。

国有、集体、私营、个体商业一起上,在竞争中提高了消费市场的生机与活力。

结合贯彻《条例》,把改革的重点由争取外部环境的宽松,转移到促进企业内部经营机制的转换上。

一是积极稳妥推进商业股份制改革。到 1993 年上半年,全市有 36 家企业在进行筹建股份制试点,其中百货大楼、西单商场、隆福大厦被批准正式改组为股份制企业。

二是继四大商场实行"单列"经营后,对有一定知名度的区、县属大中型企业实行"单列"经营,促使企业脱颖而出。

三是发展商业企业集团,增强在市场中的竞争实力。百货大楼集团和西单商场集团创下了月销售超亿元的历史最高水平。

新成立的全聚德烤鸭集团,按照新企业新机制的要求,立足北京,面向全国,走向世界。

四是对小型企业普遍推行以"国有民营"为主的多种形式的改革。到 1993 年 6 月底,全市 60% 以上的小型企业分别实行了"租、包、股、并、连、卖"等方式的改革。

海南大胆推行股份制

逐步放开价格、扩大市场调节的范围，是建立社会主义市场经济新体制的关键。

海南在建特区时决定：除了国家指令性供应海南的生产资料实现计划供应外，其他渠道的生产资料全部由市场调节。

到1991年底，海南全省市场调节的生产资料占社会总需求量的72%。

1992年，海南抓住贯彻邓小平视察南方谈话精神的有利时机，进一步放开了16种主要生产资料的价格，使全省生产资料的市场调节量，占到社会需求量的87%。

在1992年，海南省决定将煤炭、成品油的价格全部放开，年底前把化肥的价格放开。这样，海南就在全国省一级率先完成了生产资料价格改革的任务。劳务价格、外汇调剂价格、房地产价格等都已放开。海南初步形成了由市场决定价格的机制。

价格机制的杠杆作用，带来商品市场和各类要素市场的繁荣。以金融为例，海南建立了全国第一家外汇调剂市场。

此外，资金市场也异常活跃，1988年至1991年间，拆借资金达440亿元。

放开的价格、活跃的市场，为企业转换机制提供了压力和动力。海南按市场经济的要求，努力创造企业竞争的环境。

为把企业发展成自主经营、自负盈亏、自我约束、自我发展的经济实体，海南抓住企业经营机制转换这个中心环节，大胆推行股份制改革。

1991年6月，新能源、珠江等分别代表不同经济成分的5家企业，进行规范化的股份制改组。

改组一年来，这些企业严格按国际惯例运作，经营规模和效益都比改革前翻了一倍以上。

崭新的经济体制显示出强大的生命力。海南经济发展日渐加快，各项经济指标都稳步增长。

推行股份制改革，使企业充满了生机与活力。

海南岛从建省办特区开始，便成为国内外投资的"热点"，经济发展的高速度颇令海南人自豪。但是，这里的能源交通却处境尴尬。就说电力部门，建省伊始，省政府就千方百计筹集资金发展电力，结果三年多时间装机容量由38万千瓦增加到81万千瓦，缺电省迅速变为电力富余省。谁知不到两年，停电现象又频频发生，使省电力局局长许晓民在四面八方的责问面前十分尴尬。

其实，许晓民何尝不知道海南低水平的电力富余根本经不住经济高速发展势头的冲击呢？他早已描绘好超前发展电力的规划蓝图，却由于政府筹资困难拖住了脚步。

许晓民计划到2000年，全省平均每年需增加30万千瓦的装机容量才能保证经济发展的需求；每年建电厂需投资10多亿元。然而实际上，1991年全省对电力建设投资才3亿元。

投资严重不足，致使电力建设干着急也上不去。面对日益严重的"瓶颈"形势，省政府改革投资体制，将重点基础性工程由国家和地方政府统借统还的方式，改为用股份制形式向全社会募集资金。

这一改果然奏效。即将上马的南山电厂，通过股份制迅速募集到4亿多元法人股金，加上当年国家的投资，全省电力投入一下子超过了10亿元！

许晓民愁眉顿展了，他专程到国外考察，打算从口、美、英等国家选择先进电厂设备；新电厂用的392亩地也征集到了。

按常规建设期算，南山电厂需1年半以上时间。由于资金迅速到位，为了对股民负责，他们加快筹备步伐，8个月就建成投产了。

许晓民对进一步依靠股份制超前发展电力充满了信心，电力不足的尴尬局面也就很快改变了。

说起海南基础性建设投资体制的大胆改革，大家都会异口同声地夸起省委书记兼省长的阮崇武。

阮崇武初到海南上任，就来到中外关注的三亚国际凤凰机场调查研究。这个机场动议比深圳机场还早，但深圳经济实力雄厚，深圳机场早已建成使用了，而凤凰机场一再拖期。按国际级机场标准建造,凤凰机场投资概算逾 10 亿元。自从 1990 年 5 月动工,国家拨款 3000 万元,省财政拨 2700 万元,加上银行贷款,仅完成总投资的 16.8%。

若实现按时通航的计划,须完成投资 6 亿元以上,时间紧迫不说,巨大的资金缺口怎么办?公司总裁陈建威寝食难安,整日为资金奔波。

阮崇武目睹停工待资的机场工地,心想:国家和地方财政没有钱,国内外投资者有钱却又不投向能源交通,这完全是不按市场经济规律办事造成的。由于机场属国家重点工程,只能由国家"独资",别人想投资也无望。这是造成海南"瓶颈"现象的根本原因。不改变单纯依赖国家拨款的传统体制,就难以适应经济高速发展的需要。

阮崇武当即要求凤凰机场革新观念,打破禁区,迅速按股份制方式加快筹建速度。体制一改天地宽,"冷点"很快变"热点"。新组建的海南机场股份有限公司便向社会募集了 5.7 亿股本,按 1∶1.5 溢价发行。结果很快吸引了 800 多家法人踊跃认购。

经过竞争,只有 300 家如愿以偿。认购股金如期到位,强大的资金注入使凤凰机场工程顿时有了活力。长达 3400 米的主跑道很快合龙,进场公路和现代化大型候机楼很快竣工,总面积达 9 万平方米的停机坪工程也很快完工了。

● 实践措施

与此同时，股份制企业的新机制还吸引了内地一大批民航技术专业人才纷至沓来。总经理陈建威对按时通航就不再担心了。

海南东线高速公路是国家重点工程，从1989年动工，中央和地方财政只投资1亿多元，只建成了海口、三亚市出口及府城至黄竹段65公里，按此进度，全线268公里修通至少需要10年。

海南环岛高速公路股份有限公司成立后两个多月，就筹资10多亿元。按新修订的建设计划，只要一年多，全线就可建成通车。

这些国家重点基础建设工程实行股份制改造后，国家股份仍占50%以上，属于绝对控股，并且随着投资周期缩短、综合经济效益的提高，国家资产还在快速增值，人们大可不必为之忧虑。

山东试点转制与股份制

1993年初，山东省潍坊市在总结过去企业改革经验的基础上，提出加快企业转换经营机制的思路，即把建立现代企业制度与调整企业组织结构，明晰企业产权关系结合起来，制定了"抓住抓好大的，放开放活小的"的"两头战略"。

潍坊市在企业组织结构调整优化中要求：

> 发挥原有优势，培育再造优势，组织企业集团，壮大规模经济，形成新的产业，开拓占领市场。

潍坊重点规划组建了10家年产值过10亿元、利税过亿元的企业集团。

通过有偿兼并、投资参股、承包租赁等方式，以资产为纽带，把集团内各企业紧密联结起来，强化了核心企业的影响和约束力。

在一年多的时间里，潍坊市的"同心柴油机集团""华光电子集团""盐化集团"三个大型企业集团基本完善。

1993年，三大集团完成产值、实现利税均占潍坊市本行业的 70% 以上，产品在国内外市场的竞争力大大增强。

此外，加上潍坊市烟草和化纤两个集团的组建，初步形成了潍坊市的"五朵金花"，成为潍坊市的支柱产业。

潍坊市对众多中小企业的改革措施，主要是"两改一联一拍卖"，即把一部分企业改造成股份制企业，把部分企业改造成合资企业；一部分企业联合成集团公司；对微利、亏损企业实行兼并、拍卖。

在一年多的时间里，潍坊县市以上企业有 200 多户改组为股份制企业，110 户被兼并，30% 以上的企业组建了合资企业，还有一大批小型企业实行了拍卖和租赁经营。

一系列的改革，大幅度提高了企业的经济效益，技改投入也大大增加。企业内部经营机制的转换，让企业重新定位，促进经济进入发展的快车道。

淄博市是山东省股份制试点起步较早的市、地之一，也是山东省股份有限公司数量较多的市、地之一。

截至 1998 年底，淄博市经省政府批准的股份有限公司 129 家，总股本 39.2 亿元。

其中，经规范确认以募集方式设立的股份有限公司 121 家，以发起方式设立的股份有限公司 8 家。有 5 家企业 6 只股票，分别在上海、深圳和香港证券市场挂牌交易。

通过一、二级市场，共发行和配股融资 6.3 亿元，有力地促进了全市经济的发展。

1988 年，国务院批准淄博市周村区为全国"农村改革试验区"后，国家体改委又批准淄博市为"国家体改委股份制试点联系城市"，并确定淄博市乡镇企业制度建设为国家体改委改革试验项目，淄博市的股份制改革开始起步。

在邓小平视察南方发表重要谈话和党的十四大召开后，淄博市把推进股份制发展作为深化企业改革的重点。

自 1995 年下半年，淄博市又紧紧围绕股份公司规范化运作，对照《公司法》要求，严格规范，不断完善，使淄博市股份制试点工作迈上了一个新台阶。

党的十五大召开后，淄博市上下进一步解放思想，以产权制度改革为突破口，以机制转换为目的，进一步深化股份制改革，使全市股份制经济逐步走上了健康发展之路。

1988 年，淄博市国有企业山东农药厂和中国第四砂轮厂被山东省体改委批准，分别改组为山东农药工业股份有限公司和山东泰山磨料磨具股份有限公司，拉开了淄博市国有企业股份制改革的序幕。

1988 年 12 月，"山东农药""四砂"作为全国第一批股份制试点企业，向社会公开发行股票。

当时，在国家尚未出台试点规则的情况下，淄博市率先创立两家股份制企业的目的非常明确，一是探索政企分开,理顺产权关系,建立现代企业制度,搞活国有大中型企业的途径;二是探索企业直接融资的渠道。

尽管当时人们对股份制的认识还不统一,法律上缺乏配套的文件,各地推进股份制试点的标准不一。但是,淄博市还是迈出了具有重要历史意义的第一步。

1989年,华光陶瓷股份有限公司又向社会公开发行股票。

1992年,由国务院农村改革试验区办公室、国务院研究中心、国家体改委等五部门专家组成的股份制试验联合考察组,对淄博的股份制经济发展情况进行了深入考察,充分肯定了淄博股份合作制试验工作的成绩,并指出要加强企业规范化,巩固试验成果,适应证券市场发展要求,发挥好股份制转换企业机制的作用。

1992年3月,淄博市政府出台了《淄博市乡镇企业股份合作制规范化试行办法》及有关资产评估、企业登记、财税制度、股票管理等5个文件,在工作中提出了"在规范中发展,在发展中规范"的指导思想。

1992年5月,国家体改委发布了《股份制企业试点办法》以及"两个规范意见",即《股份有限公司规范意见》和《有限责任公司规范意见》,同时还相继发布了12个配套文件,包括财会、税收、土地、劳动人事等方面,从而使淄博的股份制试点从无法可依,走向了有法可依和有法必依的阶段。

股份制试点在淄博市全面展开。到1992年底,全市进行股份有限公司改制试点的企业达 51 家，总股本 8 亿元，新发行股票 2 亿元。

1992 年 11 月，中国人民银行批准设立了国内第一家公司型封闭式投资基金，即淄博乡镇企业投资基金，其基金总规模为 3 亿元人民币，1992 年首期发行一亿元。

1993 年以后，淄博市股份制试点工作，按照"点上抓规范，面上抓发展，在发展中规范，在规范中发展"的指导思想，始终把股份制试点工作作为经济体制改革和促进经济发展的重大举措来抓。

同时，出台了《淄博市关于加快推进股份制试点的意见》，在市委、市政府的领导和统一部署下，全市股份制试点进入了一个蓬勃发展的时期。

在具体工作中，坚持加强领导，精心组织，分层推进。一是积极推荐符合条件的国有企业进入"国家队"，争取异地上市；二是选择一批经济效益好，有发展后劲的国有企业、集体企业和乡镇企业，按照国家规范化意见的要求，通过内部持股改组为股份有限公司；三是在乡镇企业中，推行股份合作制，并将周村试验区的经验推广到全市。

全市试点工作步入快速发展阶段，试点工作提高到一个新的层次。

1993 年 8 月 20 日，淄博乡镇企业投资基金在上海证券交易所挂牌交易，这是全国第一只上市基金。

淄博基金的挂牌交易，不仅极大地提高了淄博的知名度，而且增强了全市搞好股份制试点的决心和信心，促进了股份制试点进一步的规范和发展，也为众多的股份有限公司明确了前进的方向和目标。

1994年初，国内最大的火柴生产企业，一个有3000多名职工的济南火柴厂，被一家创办不到10年的小公司兼并。

创下这一"小虾吃大鱼"纪录的，是山东渤海集团股份有限公司。渤海集团当时只有200多名职工，公司充分发挥股份制优势，以参股、兼并等方式，先后将长新石材厂、潍坊纯碱厂等一批企业归入旗下。1993年，公司实现利润逾千万元。

渤海集团创办于1984年11月，是山东省最早的股份制企业，也是我国最早向社会发行股票的股份制企业之一。

渤海集团从创办之日起，就全面实行聘任制、合同制，坚持走股份制道路不动摇，使企业稳步、健康发展。

从创办伊始的一家小型贸易公司，发展成为以第三产业为主，包括能源、建材、化工等行业，资产达1.08亿元的集团公司。

渤海集团兼并的济南火柴厂生产的双喜牌火柴，曾获国家银质奖，是出口创汇骨干企业。

但是，由于市场供求关系变化，以及管理机制等原因，济南火柴厂自1989年后就开始连年亏损，累计亏损达1300万元。

时任渤海集团董事长兼总经理的李甫田表示，兼并后，把火柴厂由现在所处的市中心地区迁出，通过全新的股份制机制使其起死回生。

与此同时，利用火柴厂位于济南市市中心的 40 多亩场地，发挥渤海集团多年发展第三产业的丰富经验，建设现代化国际商城。

兼并后，企业活了，产品重新找回了市场，集团公司进而拥有了新的经济增长点。

黑龙江实行股份制改造

1994年新年伊始，黑龙江两家国有大企业改制的股份制企业：哈尔滨天鹅实业有限公司和北满特殊钢股份有限公司，先后向社会公开发行股票。

至此，黑龙江省已有100家国有大企业，改组为股份制企业。

黑龙江省是我国老工业基地，国有大中型企业达500多家。其中，国家"一五"156项重点项目，就有22项。

黑龙江省委、省政府针对这些国有大企业经营机制不活、缺乏活力的状况，提出从推进企业股份制改造入手，重振"国家队"雄风。

省里专门成立了由主管省长牵头、省直有关负责人参加的省股份制协调领导小组，统筹协调解决股份制改造中出现的问题。

到1994年1月底，已完成股份制改造的100家国有企业筹集到股金25.2亿元，企业数和股金额分别占全省股份制企业总数、股金总额的16.1%和84.6%。

股份制改造明晰了产权关系，企业开始步入市场经济轨道。在国内同行业举足轻重、具有较强竞争力的佳木斯造纸厂、桦林橡胶厂、黑龙江涤纶厂、哈尔滨轴承厂等一批企业，经过股份制改造后，加快了经营机制的转换，募集资金，加速技术改造。

牡丹江桦林橡胶厂是一家老牌国企，在过去的几年间，政府先后投入12亿元巨资，但由于没有触动体制机制，企业始终不见起色。

牡丹江市改变思路，毅然与新加坡佳通轮胎公司合资，实行股权多元化。新投资者带来了新项目、新资金，更带来了新体制、新机制，人员能上能下，分配拉开差距，以严格的制度管理人。短短一年多，桦林扭亏为盈，起死回生。

这是实行"开放式改革"、引进战略投资者的一个范例。

时任省国资委主任的胡鼎祥认为："这样可以变'输血'为'造血'，让企业走出一条自我积累、自我融资、自我改造的新路子。新项目不仅成了新的经济增长点，也成了新体制新机制的生长点。"

黑龙江涤纶厂，多年亏损，经营困难。在引进北京一家民企进行股份制改造后，重获新生。

齐齐哈尔钢厂改制成北满特殊钢股份有限公司后，对企业办社会的包袱进行剥离，将募集到的4亿多元资金，全部用于国家级项目 Ø114 无缝管生产线建设项目，使企业焕发了青春。

鲜活的事例启示着人们：涉浅水者得鱼虾，探深水者得蛟龙，改革固然有风险，但不改革风险更大。

黑龙江人终于想通了、想开了，"不求所有，但求所在","国企改制,靓女先嫁",一批大型国企开始面向国内外,积极地引进战略投资者。

曾被周恩来誉为"掌上明珠"的北满特钢厂,曾经辉煌过,后来衰落了、停产了。

2004年9月,北满特钢厂与辽宁特钢重组改制,成立东北特钢集团。现在的北钢,机器轰鸣,钢花飞溅,生机盎然。出现这一变化的奥秘在于,重组改制后的北钢,建立了符合市场规律的现代经营管理机制。

黑龙江省在重点抓好股份制企业规范运行的同时,继续抓好能源、交通、原材料行业国有大中型企业的股份制改造,使更多的国有企业重新焕发生机。

吉林深化国企股份制改革

股份制是现代经济的产物，有很强的兼容性和多重性。股份制适应了现代市场经济发展的需要，已成为市场经济国家的主要企业组织形式。

企业为扩大规模、吸引与留住高素质人才、创造良好的企业文化等需要，必然进行股份化。通过职工持股，特别是企业骨干持股的形式，解决凝聚力和向心力问题。股份制还可将个人利益、领导利益、企业利益三者紧紧联系到一起，并与责任紧密挂钩，可以很好地理顺企业和政府之间的关系，企业、领导和职工之间的关系，这样才能使企业有效地参与激烈的市场竞争。也只有进行企业改制，企业才有生命力，才能实现可持续发展和不断进步。

为此，吉林省更加积极地推进已有国有企业的股份制、公司制改革，积极吸引民营资本、外国资本等非国有资本，参与国有企业改革改组工作，真正实现企业的管理和决策的科学化、合理化。

自党的十四大以来，吉林化学工业公司围绕建立现代企业制度，深化内部改革。

吉林化学工业公司首先从明晰产权入手，理顺集团体制。在对企业实行清产核资和资产评估、保证国有资产不流失的前提下，对集团原核心企业中的部分企业进行股份制改造；对原核心层中未进行股份制改造的企事业单位，按分公司管理。

吉化公司不是简单地更换牌子，而是重新界定职责，明确各自的责、权、利，让二级企业单位按"四自"原则进入市场。

在改组前，吉化集团对所属的北方化工总公司，虽然实行了保护政策，但1993年上半年，该企业却亏损了70多万元。改组后，北方化工总公司实行了法人财产所有制，完全按市场机制运转，1994年上半年就盈利1200多万元。

吉化集团深化"三项制度"改革，实行干部聘任制和全员劳动合同制，建立公平的用人机制。

1993年，有55名厂部级干部落聘。1994年，又有16名厂部级干部被解聘或免除职务；有11名职工通过"一推双考"，被聘为厂部级高级管理人员；工人实行考试考核上岗，1.8万富余人员重新开辟就业门路，创造新的效益。

优化企业组织结构，合理组合生产要素。以前吉化有一大一小两个炼油厂，大的吃不饱，小的成本高。改组后，成立了石化公司，将小厂的炼量由大厂承担，大厂的下游产品交小厂做原料。这样，一年效益增加将近4000万元。

过去，各单位都有汽车队，长期吃补贴饭。现在把这些汽车队集中起来，成立了公路运输公司，实行专业化管理，每年可节约 500 万元。

吉化公司还注意加强企业的各项基础工作。在管理上，他们参照国际标准，修订了安全、质量、生产、机动、环保等管理制度，强化了制度的约束力和规范作用。

同时，建立新的营销制度，将各企业建在沿海地区的销售点连成网络，实行统一管理。成立集团营销中心，做到销售、结算、运输一条龙服务。建立新的财务管理制度，加快了资金周转。

经过一系列调整，吉化公司呈现出一派崭新的气象。

"开门改制"是新一轮国企改革过程中各地所采取的主要方式。在 2005 年，吉林省实行集中改制的 816 户重点企业中，有 40% 的企业采取的就是这种形式。

吉镍集团拥有很大的镍盐生产基地，与加拿大 CVMR 公司和广东华创集团重组。CVMR 公司拥有全球领先的金属冶炼技术，华创是亚洲规模最大、产品最齐备的电镀化工原料供应商和金属镍供应商，分别是吉镍集团生产经营的上下游企业。

重组后，形成国有股份、民营资本、外资等混合所有制，真正实现了强强联合，提升了企业核心竞争力和对外的抗风险能力。

2006 年，吉林镍业集团重组改制，形成国有、民资、外资各占一定股份的混合所有制企业。原定董事会由 7 人组成，其中国有股东委派两名董事。经过吉林省国资委据理力争，最后确定国有股东委派三人，增强了在董事会的发言权和表决权，从而使董事会决策能够充分体现国有股东的意志。

吉林镍业改制过程中，国有股东人数增加的现象，反映了国资管理部门作为出资人对企业法人治理结构和组成方式的主导作用。

产权改革必然关联国有股权的变更，针对企业的不同类型，各地在股份制改革中对股权比例的设置也分外精心。

考虑到森林资源储备的战略意义，吉林省在森工集团的股份制改革过程中，对其采取了国有控股65%、经营者和职工参股35%的改制形式，这样既有利于调动经营者和职工的积极性，筹集改制成本，也有利于保证国家对森林资源的绝对控制权。

时任国务院国资委副主任的邵宁，这样描述央企股份制改革的特殊路径："由于中央企业在国民经济中所处的特殊地位，引入战略投资者往往遇到控股权的障碍，因而实现股权多元化的主要途径是重组上市。"

央企上市，不仅拓宽了融资渠道，而且使企业的管理更加透明化、规范化，强化了对管理层的约束，提高了企业的经营管理水平。

安徽加大企业改革力度

安徽抓住宏观调控机遇，加大改革力度，加快发展，使全省国民经济继续快速增长，并保持着良好的发展势头。

时任省委常委、副省长的汪洋说，1993年1月到10月，全省工业、外贸出口净增额、固定资产投资、财政收入均高于全国平均增长水平，为安徽历史上最好年份之一。

农业、国民生产总值、城乡人民纯收入也将为历年来增加最多的一年。对外开放，成果喜人，前所未有。

安徽经济之所以能够保持健康快速发展势头，首先是从实际出发，落实中央各项宏观调控措施，将保主、保重落到了实处。

从1993年开始，在宏观环境复杂多变的情况下，安徽省委、省政府在调查研究、冷静分析之后，认识到作为距沿海最近、以生产原材料为优势的内陆省份，宏观调控后的有序经济，正是自己加快发展的好时机。

安徽省坚持该控则控，能快则快，力争在调控中快速发展。对各地蜂拥而起的开发区，全省重新审查，撤改了50多个；对效益好、有市场的乡镇企业，则加大投资。

对牵动全省发展战略的"一线、两点"的投入,更是不断升温。

1993年1月到9月份,沿江4市全民固定资产投资增长一倍,占全省投资的30%以上,大大改善了投资环境;农业上重点落实政策,减轻农民负担,增加抗灾专项经费,确保丰产丰收;工业力保重点企业上得去、转得快,从而避免了各项经济指标的大起大落。

其次,下大力气抓金融秩序整顿,多方搞活资金融通,迅速扭转被动局面。各银行、各地方积极盘活资金存量,收回到、逾期贷款。

到1993年10月末,各专业银行的各项存款比年初增加64亿元,储备达53亿元,备付率由6月末的4.42%上升为12.31%。为经济飞跃提供了弹性很好的撑竿。

安徽省委、省政府还特别注重深化改革,用改革的办法解决经济发展中的深层次问题。

新的省政府班子第一次常务会,研究的就是企业产权制度改革,省委书记也就此深入调查,著文推荐典型,引导企业在改革中找出路。

到1994年,安徽省大中型企业转换经营机制取得突破性进展,有267户企业兼并了291户企业,87户工业企业、5700多户国营商业体实行了国有民营或公有私营。

一批企业集团、股份制企业扬起了风帆。美菱、皖能、马钢A股及H股股票,刮起新的改革潮。

2003年,股份制理论取得新突破,国有大中型企业开启了改革攻坚的破冰之旅。

2003年12月30日，国内第三大冰箱生产商安徽美菱公司宣布：当年销售量比去年增长30%，创下150万台的历史最高纪录。

这样的成果，得益于美菱2003年进行的股份制改革。2003年5月，世界第三大制冷公司格林柯尔，收购了美菱20%的国有股份，美菱由国有资本的一股独大，实现了产权多元化。

改制后，美菱引进格林柯尔的市场成本倒推法等管理经营方法，产品成本降低了20%，生产效率提高了30%。

作为安徽首批发起上市的国有大型企业，皖能集团边学边干，率先吃"螃蟹"，走出了一条国有企业股份制改革的新路子。

多年来，一些上市公司在市场经济大潮中黯然褪色，而皖能始终以自己良好的业绩和诚信屹立不倒，并在多次上市公司评比中获得桂冠。2003年，在中国上市公司100强评比中，皖能再度名列其中。

有所为有所不为，为了让皖能集团资源配置不断优化，企业加速了资产整合与重组，适时增加对马鞍山万能达、淮北国安电力、安庆皖江发电等公司的投资，提高投资比例，实现了控股目的。

而在另一些项目上的"战略撤退"，则让企业的力量更为集中。通过大胆有效的项目投资与回收，能源建设资金得到保值、增值，皖能集团电力主业建设步入快车道。

截至2003年底，皖能集团累计投入电力建设资金65亿元，拥有发电装机权益容量220多万千瓦，可控容量300多万千瓦，在安徽电力市场份额中三分天下有其一。

安徽国企股份制改革的成功，也为安徽省各地的市场体系建设、住房制度、社会保险等配套改革起到了推动作用，从而推动了安徽经济全面的腾飞。

四川德阳国企全方位重组

在不少国有工业企业经营困难、亏损面居高不下的情况下，四川省德阳市属预算内国有工业企业，自1987年之后，却连续7年保持了无亏损的纪录。

在这7年里，这些企业的经济效益持续增长。1988年至1994年11月，市属预算内国有工业企业的销售收入从近7亿元增加到近16亿元，实现利税从8500多万元增加到1.6亿元，国有资产净值由6亿元增加到14亿元，都翻了一番。

一种好的环境，往往能成为活跃一方经济的沃土。走进德阳，宽阔的马路、整洁的街道和鳞次栉比的高楼，就给了人们一个朝气蓬勃的印象。

德阳在1983年建市后，11年间，用于交通、能源、通信三大基础设施的投入超过了8亿元。

乡乡通了公路，县县通了铁路，全市电网与国家电力主网联网，邮电通信实现了国内、国际长途直拨和市话自动化。这一切，为经济的快速发展提供了条件。

然而，比"硬"环境更为宝贵的，是以人为中心的"软"环境。

德阳市委书记李永寿说：

前些年社会上流传的"国有不如集体,集体不如个体"的说法,在德阳始终没有市场。这是因为:第一,站在地方的角度看,德阳市72%的财政收入来自国有企业,不搞好国有企业,地方财源成问题,等于自己砸自己的饭碗。第二,站在国家的角度看,整个国家的长治久安,稳定发展,国家实现宏观经济调控和解决地区间不平衡问题等,都离不开国有企业。第三,站在个人利益的角度看,一部分人先富起来后,收入差距的调节,也要靠国有企业。第四,站在农村经济发展的角度看,乡镇企业的"师傅"是国有企业。德阳市国有工业是机械、化工、建材、食品、医药五根支柱,乡镇企业从烧砖烧瓦到现在的规模,也形成了这五大产业,靠的就是国有企业人才、技术、管理的优势。

基于这样一种认识,多年来,凡是中央和省下放给企业的权力和搞活企业的优惠政策,德阳市都坚决落实,一点不打折扣。这里几乎所有的国有企业,都得到过政府各种形式的让利扶持。

让利扶持壮大了企业的实力,特别是使一些老企业得以喘息、重振。这样,当企业改革由放权让利转入改制阶段时,德阳的企业已长硬了翅膀,有了更强的应变能力和后劲。

"多在生产力发展上做文章"是德阳市始终如一的方针。他们有这样一个观点：由于交通、能源、原材料价格的大幅上涨，各种费用和职工工资、福利不断增加，企业销售收入年增长幅度如果低于10%，将不可避免地出现亏损。

所以，德阳一直坚持抓住机遇，加快发展。工业的较高增长使企业在消化了全部增支因素之后，仍能有较高利润。

创造有利于企业发展的良好环境，离不开改革。在建立社会主义市场经济体制过程中，德阳市先行了一步。

1985年，德阳市属国有工业企业就取消了指令性计划，勇敢地走向市场。在市场竞争的实践中，企业全面推行三项制度改革，在机构设置、员工进出、工资分配、经营决策、产品开发、市场营销等方面，逐步形成了一整套适应市场竞争的内部机制，企业员工也逐步实现了思想观念的更新。

这样，当指令性计划大幅度减少，所有企业都面向市场的时候，德阳市属国有工业企业已占据有利位置，掌握了市场竞争的主动权。

德阳耐火材料厂总经理夏传弟，讲了这样一件事：几年前，他们瞄准高档耐火材料项目搞技改，建成一条滑动水口砖生产线。1993年这条线一投产，企业在税收增长一倍多、职工收入增长25%、生产成本增加较多的情况下，实现利润竟比上年增长近 13 倍，从而避免了企业的亏损。

在德阳国有企业中，这类事例并不鲜见。兼并了 7 家企业的四川金路股份有限公司，仅 1994 年就向这些兼并厂投入技改资金 5300 多万元。从而使兼并过来的企业迅速成为公司新的配套支柱产业和利润生长点。

四川石化集团公司在 20 世纪 80 年代以前，只有两种产品。在短短的 10 多年间，他们建成了 10 多个新的较大规模和较高层次的项目，使产品形成了以磷复肥为龙头，有精细化工、建材、饲料、电力等五大类 20 余种的新格局。

一个技术含量高、附加值高、市场前景好的产品，往往能成为一个企业新的利润生长点，甚至成为一个企业扭亏和新生的契机。

德阳市的国有工业企业，紧紧抓住新的利润生长点不放，不停顿地搞技改，从而保持了盈利状态。

当时，国有企业的一大致命弱点是设备老化，技术落后，产品无市场。从一定意义上讲，谁先进行技术改造，谁就能获得新生。但是，问题的难点在于技改要花钱。

那么，德阳是如何解决这一难题的？德阳市市长严如高说："我们是割了政府的肉，救了企业的急。"

前些年实行财政递增包干时，德阳市的做法是国有工业企业完成承包上交任务后，企业增加利润部分，政府只适度收取，把相当大的一部分留给了企业。

在 1994 年实行新税制后，在确保增值税 75% 交给中央后，地方应得的 25% 的税，仍有相当一部分返还给了需要扶持进行技术改造的企业。

严如高说：

> 把有限的资金先用于发展，企业发展了，大家才好过，这就是人们通常所说的"放长线钓大鱼"。

由于德阳市政府和企业在技改上下了真功夫，新项目、新产品成了该市国有企业的主导和利润的主要来源。这便是德阳市属国有工业连年无亏损的根基所在。

市场经济，优胜劣汰。企业经营，有盈有亏，德阳也不例外。国有企业从计划经济走向市场经济后，迅速开始了大分化。

转轨快的企业生机勃勃，优势日益凸现；转轨慢的企业步履维艰，短短几年下来，有的甚至到了破产的边缘。从某种意义上讲，这场伟大的变革，也是一个企业优化的过程。

那么，德阳市属国有工业的亏损企业到哪里去了呢？

李永寿回答：

> 采用了兼并联合的办法，将亏损企业都装

进优势企业的肚子里了。

对于亏损企业，不外乎三条可选之路：一是破产，二是政府"输血"，三是兼并联合。

德阳选择第三条路是从实际情况出发的。德阳市属工业由20世纪五六十年代的老企业和建市后扩建、新建的企业两部分构成。经过这些年的市场竞争，两极分化的格局基本形成。但是，两类企业面前，都有自身难以逾越的障碍。

德阳市常务副市长杨友发说，市委、市政府经过反复的调查、研究、论证认为，如果把优势企业的扩张需求和劣势企业的闲置资产结合起来，既可盘活闲置资产，使国有资产不致流失，又可优化资源配置，适应优势企业的扩张需求，还可给劣势企业带来新生的契机。

因此，1987年市委、市政府决定，大规模推动兼并联合。

德阳市搞兼并联合的主要做法是：

第一，未雨绸缪，在劣势企业没有到资不抵债时就搞兼并，这样一般被兼并企业的资产与债务相抵略有余，不会过多加大接收企业的负担。

第二，对确实资不抵债和负债沉重的，政府从政策上给予补偿，即企业合并后，应该上交的新增利润，政府返还一部分给企业；对被兼并企业所欠税费、贷款实行停息挂账，待效益好转时再逐步归还。

第三,强调兼并双方有互补性,一般不搞跨行业兼并。

第四,不搞"拉郎配",实行企业自愿和政府推动相结合。

第五,实行完全合并,将被兼并企业改组为优势企业的分厂,由优势企业派出厂长,被兼并企业的全部资产和职工都由优势企业统一安排,分配也同优势企业政策一样。

第六,在企业兼并过程中,仿照股份制企业的做法,将非生产部分从企业中剥离出去,成立服务开发公司。对剥离部分先给予一定补贴,然后逐年递减,三五年内实现独立,走向社会。

在此期间,对企业新增利润部分,政府核定一个基数,超基数部分仍返还企业。这样,逐步将企业办社会的包袱卸掉。

这些措施的实施,使德阳市的兼并联合未引起大的社会震荡,优劣企业的互补性得到了较好的发挥。

德阳市市长严如高常说:

> 好企业必有好厂长,要搞好国有企业,必须搞好企业领导班子建设。

德阳市将选拔能人治厂放在了十分重要的位置,总的原则是:能打胜仗者上,即有壮大企业、提高效益、改善职工生活业绩者上。

市长及有关部门每半年就对企业领导班子考察一次，能者继续干，业绩平平者下，不讲情面。

从1986年到1993年，德阳市属企业中，因不能胜任工作或兼并后被免职和降职使用的正副厂级干部有60多人。

一批锐意改革、发展意识强、有才干、不谋私利的实干家被选拔到领导岗位，为企业高速发展提供了有力的组织保证。

1994年，德阳市又改变过去那种行政干部从优秀企业领导人中选拔的做法，一般不再从企业选拔党政干部，以保持优势企业领导班子的相对稳定。

改革，从某种意义上讲，是一种全方位的重组。德阳以城市为依托，发挥城市的综合配套功能，将企业内部改革与企业外部环境改革综合进行，通过环境、产品、企业、班子的优化重组，使国有企业稳步走上了良性循环的发展之路。

泉州、济南力促经济发展

党的十六届三中全会对发展资本市场做了明确的部署。大力发展资本市场,加快推动企业境内外上市,是各地解决企业融资难、促进企业制度创新、改善公司治理结构的有效途径。

随着经济全球化和金融国际化进程的加快,如何结合地方的实际,更好地利用国内外资本市场,拓宽企业融资渠道,增强企业综合竞争力,成为泉州市促进经济发展的重要课题。

1984年11月,中国首家股份公司上海飞乐音响股份公司成立,标志着股份制作为现代企业的一种资本组织形式,开始进入并影响着我国经济体制改革的进程。

1992年,邓小平视察南方谈话以及党的十四大提出"积极进行股份制试点工作"后,股份制突破了多年的思想桎梏,重新焕发了活力。

泉州作为改革开放地区、全国综合配套改革试点城市和"民营经济集聚区",1991年8月,首家股份有限公司即福建石狮新发股份有限公司成立,揭开了泉州股份制改革与上市的序幕。

1991年至1996年底,泉州先后有7家股份公司成立,改制企业涉及国有、外资和民营企业。两家企业上市,即福建豪盛股份有限公司,1993年在上海证券交易所上市;福建石狮新发股份有限公司,1996年在深圳证券交易所上市。

在此阶段,由于对企业改制上市及资本运作缺乏认识,以及受其他客观环境等因素的制约,泉州市设立的股份公司数量少,股本规模小。

1997年,党的十五大提出:

> 股份制是现代企业的一种资本组织形式,有利于所有权和经营权的分离,有利于提高企业和资本的运作效率。

这为股份制企业的发展壮大提供了理论依据和制度保障。

1999年7月1日,颁布实施的《证券法》以法律形式规范资本市场运作和规范交易行为。社会各界及企业对股份制作用的认识与实践逐渐深化。企业进行股份制改革和企业境内外上市,进入稳步的发展时期。

福建惠泉啤酒股份有限公司、福建石狮供水股份有限公司两家股份公司,加大资本运作步伐,实施增资扩股,筹集资金,扩大生产规模,提高企业竞争力,为企业上市打下了坚实的基础。

2001年,我国股票发行制度实施了一系列市场化改革。其核心内容是取消股票发行额度控制,采取股票发行核准制。股票发行从向国有企业倾斜，转向各类优势企业。

股票发行实施核准制，将上市机会公平地赋予每个企业，为优质的民营企业发行上市、充分利用资本市场创造了难得的机遇。

泉州市委、市政府抓住机遇、顺势而为，适时加大对改制上市的扶持、引导力度，成立了泉州市企业上市领导小组，加大了对企业改制上市规划引导、上市资源培育、资本运作知识培训的力度。

先后出台《泉州市人民政府关于扶持企业上市的若干意见》和《泉州市人民政府关于利用资本市场发展经济的意见》政策文件，有力地推动了泉州市企业的股份制改制和上市力度。

泉州市企业改制上市工作取得了实质性突破，进入了快速发展阶段。

在此阶段，泉州市企业改制上市力度加大，成效显著：一批规模较大具有较大发展潜力的国有企业、"二轻"集体企业、外资企业及其他民营企业等各种所有制企业，相继进行股份制改制。

福建七匹狼实业股份有限公司等 14 家企业成立股份公司，总数占全市股份公司的 40%，股本超亿元的股份公司有 4 家。

此外，福建恒顺洋伞股份有限公司等一批上规模、效益好的民营企业，也开始进行股份制改制工作。

福建惠泉啤酒股份有限公司、福建凤竹纺织科技股份有限公司、福建七匹狼实业股份有限公司三家企业，在境内上市。其中福建七匹狼实业股份有限公司是泉州市首家在深圳证券交易所中小企业板块上市的企业。

非上市公司直接融资力度加大，福建华辉石业股份有限公司等5家股份公司实施增资扩股，筹集社会资金近5亿元。筹资额占全市非上市公司增资扩股筹资额的74%。

股份公司运作规范，股份公司大部分都能根据《公司法》及有关股份制的法律、法规和政策的要求规范运作。

建立健全法人治理结构，建立科学规范的内部管理制度，形成激励机制和监督机制。企业组织形式、运行机制发生了根本性转变，走上了现代化、科学化、民主化的经营管理之路，为企业上市做好准备，也为泉州市经济的持续健康发展打下了坚实的基础。

在此阶段，企业股份制改革和上市工作出现了良好势头。股份公司与上市公司数量不断增加，直接融资规模进一步扩大，企业运作更加规范，在筹集社会资金、扩大融资规模、优化资源配置、推动结构调整、产权制度改革和提升企业知名度乃至城市知名度等方面，发挥了积极作用。

党的十七大报告指出，深化国有企业公司制股份制改革，健全现代企业制度，优化国有经济布局和结构，增强国有经济活力、控制力、影响力。

济南也在不断探索国有企业改革新路。时任山东省委常委、济南市委书记的焉荣竹说：

> 解放思想见行动，理清思路求发展，服务基层解难题，边学边改重实效。我们在学习实践科学发展观活动中，追求的是求真务实。

2004年，以济南市国资委挂牌成立为标志，济南市启动新一轮国企改革，加快企业改革重组步伐。

坚持依法、规范操作，稳步实施困难企业的改革退出；立足提高资源配置效率，支持优势企业围绕做强做大主业，开展强强联合、上下游整合，使优良资产在优势领域中聚集发展。

驰名品牌"轻骑"，一度是济南人的骄傲。在20世纪90年代，街头巷尾随处可见的木兰、潇洒、大观、125等系列摩托车，成为泉城的一道景观。

有群众说："'轻骑'太有名了，以至于我小时候不认为它是商品品牌，而是小型摩托车的代名词。所以那时候，我就管可以载人的大型摩托车叫'摩托车'，管任何品牌的小型摩托车都叫'轻骑'。"

然而，就是这样一个品牌，却在2000年前后，面临着在市场上销声匿迹的危险。原因在于，核心摩托车企业轻骑股份与母公司轻骑集团关联交易重叠交叉、大股东占用资金等问题，导致企业负债累累。

济南市委、市政府高度重视"轻骑"改制重组工作。为帮助"轻骑"摆脱不利局面，市政府积极为企业寻找重组方，并注入资金，使轻骑股份在上市公司中保留了下来。

在改制过程中，政府部门和企业在重组方选择标准方面不谋而合：在资金、技术、人才等方面有雄厚的实力，产业必须相近或相关。

最重要的一条，从产业发展角度讲，对方看重的不能仅仅是"轻骑"这个壳，而是要实心实意发展产业。

在这样的选择标准下，2006年12月5日，轻骑股份成功实现战略重组，加入中国兵器装备集团。

经过短短两年的努力，2008年，轻骑股份产销摩托车超过56万辆。

救活一个轻骑，就是救活了济南的摩托车产业。济南市市长张建国说：

> 以发展为第一要务，国企改革就是要改出生机、改出活力、改出后劲，将劣势企业改为优势企业，把不良资产变为优良资产。

三、美好前景

- 王建明对干部工人发表讲话:"成绩对于过去固然了不起,但面对未来的竞争,所有的成绩都是微不足道的,我们面对的是零,是跑道的新起点。"

- 时任广西玉林地委书记李新明说:"'玉柴'精神将会激励我们开阔思路,振兴经济!"

- 张佩清说:"改制的最大好处是将一个捧着铁饭碗、有惰性的国营老店,全面推向了市场。"

广东企业产品打入国际市场

广东美的集团股份有限公司，在1992年初，经省政府批准进行股份制规范化改造后，活力大增，快步进入大型企业行列。在南国，成为继生产著名容声冰箱的珠江冰箱厂之后，又一家令人瞩目的乡镇企业。

1993年3月，美的集团单月销售额突破亿元大关，到6月，奇迹般地实现单月销售超两亿元的好成绩。到6月底，集团销售额超过7亿元，创税利7500万元，两项指标均超过1992年全年的业绩。

美的集团股份有限公司是广东省乡镇企业首家进行股份制规范化改造的企业。这一改造使本已基础较好的美的集团如虎添翼，企业自主经营进一步加强，内部管理更加完善，活力和实力大增。

改造后的美的集团，进一步以科技为先导，以效益为目标，全面推行了科研成果激励机制、以绩定奖的浮动工资制和系统化、标准化管理机制，大大激发了全厂员工，特别是科技人员的工作积极性和创造性，促进了科技进步。

美的集团拥有一支包括博士、硕士和高中级工程师组成的专业技术开发队伍，做到市场需要什么，就很快开发生产什么，使新产品开发周期大大缩短。

美的集团在形成电风扇系列、空调系列的基础上，还着力开发小家电产品。

此时，美的集团已取得 CSA 安全标准认证和 UL 的安全认证。

为更好地适应国际通行的质量标准，美的积极地实现 ISO9000 质量保证体系的认证工作，以加快国际化的步伐，进一步打入国际市场。

2000 年，广东丝绸集团下属市县两级的丝绸进出口公司负债累累、濒临破产，行业面临全线亏损。而 2006 年，广东丝绸以 23.3 亿美元的进出口总值，成为我国最大的丝绸进出口企业。

从全线亏损到做大做强，老国有外贸企业重新焕发生机，缘于改制创新。

时任广东丝绸集团董事长的蔡高声说，对传统的国有外贸企业来说，保持纯国有不行，简单地"一卖了之"也不可行。改制后的广东丝绸子公司中，国家、经营班子和员工各占有一定股份，实现了产权多元化，形成了混合型所有制的格局。

广东丝绸由衰到盛，是党的十六大以来国有企业股份制改革的一个缩影。2006 年，全国国有企业户数比 2003 年减少 3.1 万户。与之形成对比的是，实现利润却比 2003 年增长 147.3%，企业资产总额比 2003 年增长 45.7%。

在广州召开的"2008 中国城市国资论坛"上，时任广州市国资委主任的张连广表示："我们将从广州市经济社会发展全局出发，从国有经济发展战略定位出发，分类推进国有企业股份制改革，加快上市步伐。要采取多种形式，放开搞活国有中小企业，大力发展混合所有制经济。"

张连广说，对国有大型企业，主要采取引入战略投资者等形式，推进股份制改革。国有中小企业，具有竞争优势的，要引进社会资本做强做大；不具竞争优势的，要采取多种形式改制、退出。

同时，张连广表示："我们将根据各国有企业的现有条件，本着先易后难的原则，每年制订企业上市计划，有重点地推进企业上市。具备条件的国有企业则实行整体改制、整体上市。鼓励、支持不具备整体上市条件的国有企业，把优良主营业务资产逐步注入上市公司，做优做强上市公司。鼓励已经上市的国有控股公司通过增资扩股、收购资产等方式，继续做强做大上市公司的主营业务。"

到2008年，广州市已有300多家国有企业通过与世界一流企业的合资合作，推进了国有资产与国际资产、技术的融合，创新经营管理机制，提升了经营管理水平，增强了活力。

如广州发展集团，高起点引进BP公司、长江电力、中国电力等战略投资者，通过资本营运，大手笔推进电力和物流产业发展，已成为珠江三角洲最大的综合能源供应商。

广日集团与日本日立公司合作建成了中国最大的电梯零部件生产基地,与日本日立都市开发系统集团、新加坡 HEES 共同投资组建了日立的亚洲电梯研发中心。

广重集团与处于世界盾构机市场领导地位的德国海瑞克公司通过从技术合作发展到资本合作,成立了海瑞克(广州)隧道机械有限公司,在 2007 年制造出我国最大的直径达 15.4 米的大型双层隧道盾构机;与东方电气集团等国内一流企业进行合作,投入资金 6 亿元,发展核电站核岛主设备、加氢反应器和大型发电机组等,推进了广州重型装备工业水平的提升。

事实证明,股份制改革为国企的发展注入了强大活力,股份制成为激活国有企业的有效实现形式。

钢铁企业股份制激发活力

1993年9月20日,这个日子对马鞍山钢铁厂的职工来说,意义重大。

在35年前的这一天,毛泽东视察当时初具规模的马鞍山钢铁厂。毛泽东指出:"马鞍山可以发展成为中型钢铁联合企业。"

35年后的这一天,已经发展成特大型钢铁企业的马钢,作为全国首批9家股份制规范化试点企业之一,庄严地向世人宣告:马鞍山钢铁股份有限公司成立。

马钢股份有限公司董事长杭永益激情满怀地说:

股份制改制是马钢发展史上的一次重大机遇,昭示着马钢又一个大飞跃时期的到来。

马钢的年轻人和他们的董事长一样,心情同样难以平静。

杨俊国,一个冶金专业的大学毕业生,他这样表述自己此时的心情:

改制后,必将打破从前的一些使用人才的老模式,为青年提供更多的机遇,我们会更自觉地参与竞争。但同时，我也感到一种压力，如果不做好本职工作，完善自己的知识结构，随时都有被淘汰的危险。

马钢第二炼铁厂团委副书记费建国，思考得颇深。费建国说：

> 计划经济曾限制了马钢的进一步发展；现在机遇已摆在我们的面前，作为年轻人，想得更多的应该是能为企业做点什么。

显然，股份制把职工和企业紧密地联系起来了。在马钢第一轧钢厂，管原料的吴邦来说：

> 过去盘查，少一两样东西没人会深究你。现在不一样了，职工都入了股，企业的好坏与自身关系太大了，逼得大家要好好干。

值得欣喜的是，这一代年轻人比他们的父辈更为成熟。他们已经认识到，转换机制本身就是一个探索新路的过程，股份制并不能包治百病，而企业在改制后，将面临更大的风险和压力。

正因为如此，占马钢职工一半以上的青年深感任重道远。

鞍钢是中国钢铁工业最响亮的名字。作为新中国成立后第一家恢复生产的国有特大型钢铁联合企业，伴随着共和国前进的步伐，鞍钢茁壮成长，既输出产品又输出人才，被誉为"共和国钢铁长子"，成为中国钢铁工业的摇篮。

20世纪90年代初期，社会主义市场经济体制初现端倪。在计划经济时期一直引领中国钢铁工业前行的鞍钢，陷入了前所未有的困境：工艺技术装备落后，产品结构不合理，技术含量低，产品质量差，市场竞争力弱；资金短缺，债务负担重，体制僵化，管理落后。鞍钢面临着"不改造等死，搞改造找死"的两难境地，企业发展举步维艰，与国际先进钢铁企业之间的差距逐步拉大。

适应新体制，才能谋求新发展。钢铁巨子鞍钢敏锐地意识到，社会主义市场经济对鞍钢既是挑战更是机遇，股份制改革是鞍钢振兴发展的必经之路，是鞍钢做强做大的金钥匙。

贯彻国有企业股份制改革政策，在国家的大力支持下，1997年5月8日，鞍钢将公司最优良的资产冷轧厂、线材厂和厚板厂集中起来，组建成立了鞍钢新轧钢股份有限公司。从此，鞍钢踏上了股份制改革的道路。

本着通过合理运用境内外资本市场的资金，提高企业技术装备水平和产品竞争力，从而使资本不断增值，企业效益逐年提高的经营思路。

1997年7月22日，鞍钢新轧8.9亿H股在香港发行，同年 11 月 17 日又在国内发行 3 亿 A 股，并在深圳证券交易所挂牌交易。香港、深圳两地上市共融资 26.33 亿元。

随后，鞍钢新轧分别于 1997 年 7 月收购了鞍钢优良资产大型厂，2000 年 4 月收购了第一炼钢厂，这两次收购活动使上市公司阵容进一步扩大，公司业绩持续稳定增长，抗风险能力增强。

股份制改革给鞍钢这个老国有企业注入了一股清新之风，涤荡着旧思想和旧体制，成为开启鞍钢新发展的一把"金钥匙"。

上市融资，鞍钢不仅拥有了自己的股票，更重要的是深刻理解了市场经济，懂得了"市场"的含义。在资金极度短缺的情况下，上市融资为鞍钢打开了融资新通道，获得的资金为后来的大规模技术改造提供了强有力的保障，这无疑是为鞍钢的振兴发展奠定了最坚实的物质基础。

股份制改革也使鞍钢悄然发生变化：实现由生产导向型企业向市场导向型企业转变，企业迈入资本市场。股份公司构建起的法人治理结构，培育的现代企业制度，对传统体制是一次冲击，为鞍钢集团公司转换经营机制，构建现代企业制度，建立现代产权制度和现代公司治理结构奠定了基础。

收购新钢铁公司 100% 股权，鞍钢股份走出了坚定的第一步。在获得新钢铁公司资产后，鞍钢股份纳入了西部新区500万吨现代化板材精品基地，同时把定位世界一流的鲅鱼圈钢铁项目收入囊中，集中了鞍钢钢铁主业所有最优良的资产，这些都赋予了上市公司巨大的成长空间。

但是，鞍钢股份认为这并不是简单的总量增加，重要的在于钢铁业务的结构调整，释放 $1+1>2$ 的效益，提升核心竞争力，谋求长远发展。

钢铁主业整体上市，生产、管理、组织格局实现整体性、系统性，拥有了焦化、烧结、炼铁、炼钢、轧钢等整套现代化钢铁生产工艺流程及相关配套设施，鞍钢股份规模优势彰显，整体盈利能力不断增强。

股份制激发职工责任感

1993年2月,北京市体改委批准设立北京王府井百货大楼集团股份有限公司。公司采取定向募集方式,向企业法人和内部职工募集资金。

"咱是股东",这是改组成股份制公司后,职工们的一句口头禅。

内部职工持股后,在一定程度上使生产资料与劳动者直接结合,丰富和延伸了职工企业主人翁的内涵。

职工既是政治意义上的主人,也是具有实实在在经济意义的主人,切实增强了企业凝聚力。职工更加关心企业发展,把企业兴衰看成自己的事。

对此,一位总经理这样说:"职工变得越来越可爱了。"

实行股份制不久,百货大楼就决定停业40天,对1.7万平方米的老楼进行装修改造。

在这么短的时间,完成这么大的工程量,并非易事,不少施工单位都不敢接这个活。

装修改造牵动了职工的心,大家心往一处想,劲往一处使。从施工队伍开始进驻起,参加施工辅助工作的大楼职工就没黑没白地干了起来。有的扭伤了脚也不下火线,有的揣着手术通知书坚持工作。

负责技术检查的王凭,一连几天都不回家。青年职工张顶,在工程决算中精打细算,为企业节省费用50万元。

全体职工只用了一天半时间,就完成了装修后的货架柜台搬运和陈列。1993年8月28日,百货大楼按期以崭新面貌重新接待顾客。

为了达到1993年总销售额10亿元的目标,职工们改进服务,想方设法扩大销售。

职工们知道,公司经营好坏,不仅关系着自己的劳动收入,也关系着自己的股息收入。

在装修改造期间,职工们在大楼门前广场设立了临时售货大棚。

在百货大楼重新开业的第一天,一位顾客来到食品柜台,要买一瓶叫"路易十三"的酒,可是柜台恰巧无货。

于是,售货员马增元直奔洋酒行办货,又专门把酒送到了顾客住的地方。

变成了股份制企业,百货大楼的经营机制更加灵活,企业经营管理者的压力也更大了。他们直接面对市场,对股东负责。

总经理郑万河戏称自己是给股东打工的。这话也真实地道出了股份制企业经营者的地位和责任。

股东的压力催促着领导者不断开拓经营。1993年4月,北京王府井百货大楼举办了"93夏季商品购物潮",

让夏季商品提前动销,扩大了市场占有率。4月和5月的总销售额都超过了亿元,创月销售额历史最高纪录。

在百货大楼重新开业后的第一个月,即9月,销售额与1992年同期比,上升59%,总销售额再次突破历史最高点,成为本市商场当月零售额的第一名。

北京百货大楼雄心勃勃,成为兼营商业、生产加工、饮食、房地产、旅游娱乐的大型企业集团。

北京市商业系统深化改革,积极推行股份制、"单列"经营和组建企业集团,使首都市场出现了繁荣的新气象。

1993年,北京全面放开了消费品市场,企业经营不再有财政补贴,商业企业推向市场。

1992年有12家企业进行经营权与所有权分离、产权明确、政企分离的股份制改造。

企业坚持"一业为主、多元开发"的发展战略,并试行"资本投入产出奖惩责任制",将资产的保值增值作为对下属企业效益考核奖惩的核心指标。

25家进入"单列"经营的企业,按国家赋予企业的14条自主权开拓经营,经济效益普遍看好。

以龙头企业择优发展横向联合而组成的10家企业集团,发挥了群体优势和规模效益。

1992年,全市销售超过亿元的商场达到26家,其中北京百货大楼、西单商场成为全国屈指可数的年销售超10亿元、创利税过亿元的企业。

实行股份制效益大增

1993年年初,"松辽汽车股份有限公司"的牌子还没挂到工厂大门口,人们脑子里却先挂上了一个大问号:军工企业也能实行股份制吗?

松辽汽车股份有限公司是沈阳军区后勤部某厂,这家汽车厂在军工企业中率先搞起了股份制。

然而,人们万万没料到,仅仅在8个月之后,这个未满周岁的军工股份制企业,就像闹海的"哪吒"一样折腾起来。

在许多企业效益滑坡的情况下,松辽汽车股份有限公司踩紧油门,不断爬坡。到年底一算,利税翻了一番,超过4000万元,居全军同行业之首。

在过去,松辽汽车只能在国内市场销售,1992年已有两批车驶出国门,出口俄罗斯。

公司在实行股份制8个月之后,降低成本费用1000多万元,还兼并了一家地方企业,并在厂内建了一座职工医院。松辽汽车股份有限公司,实实在在地潇洒走一回。

在实行股份制前,厂长最大的心病,一是没有经营决策自主权,二是人心不往一处使。

搞了股份制后,公司的领导们不再犯"心病"了。

为了落实"八五"计划，公司需要投资 4000 万元，开发面包车新产品。这是实行股份制后，公司实施的第一个大举措。

总经理肖玉良到长春一汽签订合同时，深感手中这支笔的分量，但他的心情却很轻松，因为企业终于可以自己说了算。

过去，整车出厂时返工率最高的环节是外壳补漆，人为造成掉漆破皮的事时有发生。工厂对此啥招都试过，就是不灵。

如今，情况一下子变了，车间每个工位上的人都不让车漆磨着碰着，还搞出不少保护外壳的好方法，使单车返工费下降 135 元。

这是为什么？工人们回答得很简单："企业有咱的一份，谁还愿把锅砸破。"苦、脏、累、险的工种，从此也不再犯愁了。

有段时间，公司还发生了一件怪事，半夜三更有人翻墙入厂，保卫部门一查，原来是调试工位的两名工人来加班进行调试。

工人哪来的这么大的劲头？这当然是机制的转变使然。企业的职工，无论是集体工还是全民工，一律改为企业员工。

此外，全体员工，包括领导在内，都同企业签订了劳动合同。砍倒了等级的篱笆，在分配上实现机会均等。人们的收入都比原来有了大大的增加，也为企业增加了效益。

股份制的实行，使原来困扰企业的难题变得容易了许多。原有37个处室，现在只保留了27个，对减下来的人员重新量才使用。

汽车厂原是实行一业为主的经营方针，现改为多种经营，筹建和建起了不少第三产业。

企业改变过去的做法，重视销售工作，销售人员一下子增加了400人，同时还搞"全员销售"，人人都当销售员，销售有奖。

在汽车月，产量就突破了千辆大关。1992年前10个月就生产汽车6430辆，销售6212辆，销售和产量都居全军同行业第一。

1994年上半年，四川省乐山市工业企业效益排行榜前五名全是股份制企业，其中有4家是已上市的股份公司。

金顶集团、峨眉铁合金公司、川盐化公司、乐山地方电力公司、嘉华企业集团这5家国有企业实现的利润，就占整个乐山市174家国有工业企业利润总额的94.1%。

股份制怎样使这些企业如此充满活力？

这5家股份制企业，有4家在股份制改造前属国有大中型企业，企业除承担职工大量的生活福利设施费用外，普遍兴办有学校、幼儿园、医院、娱乐场所等，并且还有大量的退休工人。

川盐化公司退休工人就达3000多人，每年仅用于职工福利、退休老工人医疗保险的费用支出就高达近千万元。这样的"包袱"不卸，必然带来企业效益的转移，使股东利益受到损害。

在进行股份制企业规范化过程中，这些企业相继实行了经营性资产与非经营性资产的剥离。并组建了专业公司来经营这部分资产，由福利性转到经营效益性上来。

这些公司除满足本厂员工的生活需要外，还积极地向外拓展业务。嘉华企业集团公司剥离出去的非经营性资产，公司按照扣减人员工资20％、50％、100％，逐年进行递减直至脱钩的办法，促使其自找出路，自谋发展。

嘉华公司运输队自实行单车核算，一改过去有货找人拉，派车派不动的状况。现在是驾驶员主动去找货源，为企业创造了较好的经济效益，驾驶员月收入也大大提高了。

川盐化剥离出去的新实业公司还与当地酱园厂合资，兴办起了具有国际流行风味的新型酱油，其成套设备生产能力居全国第二。从这些非经营性资产的经营看，有的已具有较强的自负盈亏能力。

在股份制改造前，这些大中型企业产品都比较单一，企业的市场应变能力差。自实行股份制改造，这些企业注意改变靠单一产品打天下的状况，相继进行产品结构调整。

乐山地区电力公司，立足全国水电资源重地乐山，以水电为主，水火电并举，不断提高投资效益。1994年

上半年，实现利润较之 1993 年同期增长 10.7 倍。

  峨眉铁合金公司跨出冶金行业，发展多种经营，在较短时间内便形成多角化经营格局。在冶金产品市场疲软的状况下，峨眉铁合金公司多种经营争唱主角戏，使企业仍然保持了较高的利润增长水平。

  股份制改革，使企业充满了无穷的活力。

华药股份制改造显生机

华北制药厂是国有特大型医药企业。在市场经济的大潮中,华药搏风击浪,重振雄风。其发展速度和经济效益均超过了三资企业和乡镇企业,成为国有特大型企业,是在市场经济中以规模经济夺得市场优势的一个成功范例。

华药曾有过辉煌的历史,也陷入过困难的泥泞。在第一个五年计划期间,国家156项重点建设工程,华药一家就占了两项。

华药为国家作出的第一个贡献是,结束了我国青霉素等抗生素依赖进口的局面。多年来,华药向国家上缴的利税相当于国家原始投资的60多倍。

然而,在经济体制转换的过程中,华药却一度被捆住了手脚。1988年到1991年,我国医药行业的平均发展速度为14.8%,而华药的发展速度仅为4.02%。加上华药的主导产品青霉素一度滞销,更令这家制药行业的老大雪上加霜。

1992年8月,华北制药股份有限公司创立。通过股份制改造,企业产权主体明确,强化了自我激励机制,完善了自我约束机制,健全了企业发展机制。

在股份制改造后上马的千吨青霉素工程中,华药人以前所未有的主人翁责任感和积极性，创造性地工作，不到两年就顺利建成投产，使华药一举成为世界第二大青霉素生产企业。

华药的青霉素产量占全国总产量的50%左右，一直是按照上级指令进行生产。当药品的统购统销政策停止执行后，国内的青霉素市场一时出现了供大于求的局面。国际市场上青霉素生产也正好进入了调整期，许多企业降价抛售。

华药的对策是，直接面向市场组织生产，以规模经济取得市场优势。

青霉素不仅可以当作成药使用，而且可以作为进一步生产第二代、第三代新药的原料。华药瞄准国际上青霉素原料市场的巨大需求，扩大生产规模，形成了年产3000吨青霉素的生产能力，成为世界上的青霉素主要生产基地。

当青霉素在国内外市场再度走俏之后，华药的生产能力不仅满足了国内市场的需求，而且掌握了国际市场的主导权，成为医药行业的出口创汇大户。

1994年夏季，华药两项具有规模效益的工程建成投产，年产1000吨维生素C的河北维尔康制药有限公司和年产1200公斤维生素B_{12}的河北威可达制药有限公司均实现了一年之内，从动工兴建到建成投产的高速度，并使华药成为全国最大的维生素B_{12}生产基地。

更令人欣喜的是，这两个项目在尚未正式投产之时，国内外药商已闻讯而来，纷纷要求签约购货。

科技进步，曾为华药创造过辉煌的昨天。华药培育成功的国内第一株青霉素菌种和开发的新工艺，结束了我国抗生素依赖进口的历史；"七五"期间，华药打响了青霉素生产的翻身仗，使我国的青霉素生产接近国际先进水平。

基因工程药品是跨世纪的首选药物。华药投入数千万元，以本厂的抗生素研究所为主体，联合北京、上海、河北的科研单位，于1992年11月，成立了新药研究开发中心。

在华药，科研开发规划是企业发展规划的先导。为了尽快地把科研成果转化为生产力，华药对科研体制进行了改革，要求科研人员将研究工作延伸到生产阶段。生产单位则要早期介入科研工作，以保证科研成果尽早商品化。

新机制实行以后，科研人员和生产单位的积极性都调动起来了，大大促进了科研成果的转化。华药阔步走上了蓬勃发展的阳光大道。

玉柴崛起不断创造奇迹

广西玉林地区的玉柴机器股份有限公司,在短短的9年间,迅速崛起,创造了一个又一个奇迹。

9年前,玉柴在中国柴油机制造行业中排名第一百七十三位。

9年中,玉柴产销、利润分别以年平均65.15%和95.08%的幅度递增。

9年后,到1993年末,其主要产品成为中国各大中型客车、工程车生产制造厂家的首选动力,产销量雄踞中国同类产品生产厂家第一位;年利税达到3.8亿元;部分产品远销西欧、北美等20多个国家和地区,年创汇额已达1000万美元以上。

玉柴这个奇迹是怎样产生的?公司董事长、共产党员王建明回答:

靠坚持党组织的正确领导,靠玉柴人的精神力量,靠先进科技和管理知识提高人的素质!

广西壮族自治区的领导认为,玉柴的飞速发展为广西的经济振兴提供了榜样。

玉柴厂建于1952年,它的传统产品是农用、船用柴油机，还生产过铁犁、锄头。

到 1983 年，玉柴累计生产的柴油机仅 7 万多台，1984 年的生产计划只有 1000 台。

这简单的数字说明：玉柴在中国的柴油机行业实在是太无足轻重了。而在当时，在全世界的柴油机行业里，中国也同样无足轻重！

1985 年初，广西壮族自治区机械厅和中共玉林地委联合派出调查组，考察玉柴厂级领导。

副厂长王建明自荐道："如果我出任厂长，完成年产 3000 台柴油机不成问题。"

民意测验的结果是：90% 以上的人推选王建明担任厂长。1985 年 2 月 1 日，王建明走马上任。

新班子上任后，采取的一条重要措施就是加强企业党组织建设。干部考核、思想工作、职工教育等均纳入党务工作的正常轨道，并反复强调加强企业党建工作，避免削弱党的领导。

刚开始，一名技术骨干担任车间主任后，向厂领导建议在车间不要设专职的支部书记。

可是，没几个月的时间，这位车间主任又主动找到厂领导，要求加强党支部的工作。他本人也递交了入党申请书。

原因很简单：加强了党支部建设的各个车间，产量和质量每周都有新纪录，而他所在的车间却矛盾重重，打不开局面。

王建明和领导班子抓住这件事,在企业的各种场合,宣传党组织的地位和作用。同时,党委和各支部都建立了民主生活会制度,定期开展批评和自我批评,积极参与企业决策,各个党小组之间开展创优质产品、帮后进工人的劳动竞赛。

当时,企业里的1000多名党员,人人明确了党员责任,争当企业两个文明建设的带头人。

由于强化了党组织在企业的地位和作用,从1985年起,企业连年提前完成生产任务。

更令人信服的是,企业的质量能手、生产标兵、劳动模范,绝大多数是共产党员。党员为"玉柴"的崛起立下了头功。

1992年初,随着产量和质量的迅速提升,市场的不断拓展,发展中的玉柴为了解决资金来源问题,在国家有关部门和广西壮族自治区有关部门的支持下,完成了股份制改革,成立了玉柴机器股份有限公司。改成了股份公司。

在改成股份制公司后的第一次职工大会上,主持会议的人介绍说:"现在请董事长王建明先生讲话。"

听到"王建明同志"变成了"王建明先生",会场内顿时一片哗然。

王建明说:"公司虽然改成了股份制,但我本人还是王建明同志,玉柴的党组织还要进一步健全、强化!"

随后,玉柴又明确了党员干部的目标责任制、明确了党员带头作用的具体要求。

同时，公司共青团的工作也生机勃勃地开展起来，团委号召团员们带团徽上岗作业，开展"团徽在岗位上闪光"活动，为企业的飞跃注入了巨大的活力。

要把玉柴变成第一流的企业，要生产出第一流的王牌动力，就要改变缺少进取精神的弱者意识，形成一种强者意识。

玉柴的领导者们从干部抓起，明确提出6条干部标准，关键的一条就是要具有献身精神，必须做生产中的强者。

同时，总结过去的教训和现在的成果，归纳出16个字作为企业的精神：

顽强进取，刻意求实，竭诚服务，致力文明。

玉柴的中层干部谢理波不禁感慨地说："现在我们这些干部，只有上班、加班的概念，下班晚，休息时间也很少。绝大部分干部连星期天、节假日，甚至春节也难得休息。"

谢理波每年都要负责10多项技术改造，有一年他一个人就负责了26项技改项目。

总工程师卓松芳，经常带病坚持工作，积劳成疾，在广东梅县的亲人几次为他联系了工作调动，要他去轻闲的单位，边工作边休养。

可卓松芳以多病之躯跑遍祖国的大江南北，为企业占领市场制订了一份份宝贵的战略规划。

卓松芳说："我的职责，就是为企业制订争当同行业强者的远景规划。"

干部们带头当强者，直接而形象地为企业树起了一面顽强进取的旗帜。

青年工人小梁，上高中时曾在社会上参与赌博，有过一些不良行为。招工来到玉柴后，小梁要求跟一名党员学习，请党员帮助和指导他的工作和生活。

结果，不到两年的时间，小梁就像变了一个人似的，不仅能遵守企业的各项纪律，技术能力也达到了中专毕业水平。

一系列的措施和党员干部的带头作用，使玉柴人的精神面貌大变，企业在整体上开始显示出一个强者的形象，人人敢打敢拼。

面对这种情景，一名律师情不自禁地写道：

今日的玉柴是中国之强，明日的玉柴将成为世界之强。

在1994年元旦这一天，王建明又一次对干部工人发表讲话：

成绩对于过去固然了不起，但面对未来的竞争，所有的成绩都是微不足道的，我们面对的是零，是跑道的新起点。

　　这就构成了王建明和玉柴领导班子的独特思维：零起点思维。它的实质，是要人们具备不断追求进步的精神，不断用最新的科技知识和管理知识武装自己，这样才能立于不败之地。

　　1992年，玉柴进口了美国福特公司的全套设备，技术设备实力已领先于国内同行业。

　　但是，先进的技术设备还必须要有懂科技的人员来管理，来操作。

　　王建明和企业领导们严格考核各级干部，考文化成绩，考工作能力，考领导才能，考对未来的思路，唯独不怎么重视过去的功劳。

　　他们还对一些在过去立下汗马功劳，却又不能及时适应现代化生产要求的管理干部予以免职，并让大家引以为戒。

　　很快，占全公司人数一半以上的党团员们，首先有了一种强烈的危机感：对自身素质的危机感和集体前途的危机感。

　　用先进的科技知识、管理知识武装自己，首先是对领导者，即决策者提出的要求。

　　为此，干部们学习劲头十足。在玉柴的干部工人中，第一个获得自修文凭的，是玉柴的党委书记、副总经理刘碧清。

8000多人的大型企业，其党务工作的纷杂和繁重是可想而知的，光是刘碧清办公室的电话，就很少有沉寂的时候。

刘碧清不仅负责党务工作，还得协助董事长、总经理做人事工作、思想教育工作、职工文化生活工作等。尽管忙得难以脱身，但是刘碧清仍抽出时间学习。

刘碧清坦诚地说："学习新的知识是最重要的事情。"

玉柴的总经理邓强，在担任总厂副厂长时，曾专门抽出两年时间，到复旦大学管理学院读研究生班。回到玉柴后，邓强就担任了公司总经理。

邓强感慨地说："学与不学，大不一样。"

工人出身的工程师副厂长黄永光，时年已经50多岁了，也是一位嗜学如命的人。他自学了微型计算机、电子技术应用、企业管理等知识。

黄永光所在的分厂共有300多名工人，1993年每个工人受训的时间达200多个小时。

玉柴人以搞创新为荣，以在岗位上搞技术改革为荣，以提合理化建议为荣。

许多车间自发成立了技改创新小组，无论干部工人，都有一种勃勃向上的朝气。这种朝气在玉柴的厂志上留下了这样的记录：

近年来，职工提合理化建议470多条，职工主动提出进行的技术改革近200项。

对玉柴来说，这是一笔非常可贵的财富，是无法估量其价值的，是玉柴人追求现代科技知识和管理知识的精神。

时任广西玉林地委书记李新明说：

玉柴是玉林地区900万人民引以为骄傲的一颗明珠，是玉林地区的希望所在……

玉柴精神将会激励我们开阔思路，振兴经济！

转换经营机制新步伐

1993年12月28日，由河北棉纺行业大型骨干企业邯郸三棉组建的"邯郸三环股份有限公司"正式挂牌，这是邯郸三棉在转换企业经营机制中迈出的新步伐。

邯郸第三棉纺织厂始建于20世纪50年代末，1984年实行了厂长负责制、承包经营制等一系列改革措施，进行了以产品为龙头、以质量为重点的"涤棉纱布一条龙"等9个项目的三期技术改造工程，引进了一批国外先进设备，使企业技术装备水平达到了国内先进水平，部分达到国际先进水平。

邯郸三棉形成了年产棉纱2.2万吨、棉布7500万米，年出口创汇2500万美元的生产规模和能力。经济效益连续8年位居全市纺织行业榜首，成为河北省和全国纺织行业利税大户。

1992年底，邯郸三棉被省、市确定为首批股份制试点之一。邯郸三棉抓住时机，成立了改制工作机构，经过近一年的筹备和广泛深入的宣传发动，得到了全体职工的支持和参与，顺利完成了清产、核资、评估、申报资料等项工作。

经省、市体改委正式批准，成立了"邯郸三环股份有限公司"。在改制中，该厂按照规范化要求，进行了配套改革：打破传统的企业机构设置方式，实行董事会领导下的总经理负责制；进行了岗位技能工资、全员劳动合同制等劳动、分配制度改革；建立了标准财务会计等与国际市场接轨的现代核算制度。

实行股份制改造，加速了该厂经营机制的转换，为企业发展注入新的生机和活力。

1993年前11个月，该厂已完成产值2.9亿元，实现销售收入2.8亿元，利税2070万元，出口创汇2989万美元，创历史同期最高水平。

与此同时，淮北矿务局也以市场为导向，转换经营机制，扩大销售市场，从根本上扭转了被动局面。

1993年，淮北矿务局完成销售收入20.2亿元，首次扭亏为盈，实现利润一亿元；在深化改革、提高效益方面，走在全国煤炭行业的前列。

淮北矿务局是拥有20万职工、年产原煤1400万吨的国有超大型煤炭企业。

1993年上半年，煤炭销售价格放开以后，淮北矿务局被推上了市场。全局上下积极深化改革，转换机制，完善了以效益为中心的生产经营承包和经费包干办法，扩大局属企业的经营自主权。

1992年第二季度之后，淮北矿务局改变了"生产什么煤炭卖什么煤炭"的做法，转而按照用户的需求和市场变化进行不同煤种的合理配采、配洗，适销对路的煤炭产量逐月提高，全年原煤产量达到1420万吨，煤炭灰分比计划下降1.8个百分点。

同时，加强经营管理，努力降耗节支，仅1992年9月、10月、11月，全局就节约挖潜5000多万元。淮北矿务局还以销售为龙头，大力调整经营战略。在华东地区设立了10多个信息点，并加入了上海和连云港的煤炭交易市场，还在日本设立了办事处。

淮北矿务局采取走出去、请进来的办法，广泛征求新老用户的意见，为徐州、蚌埠、南京等地的用户送货上门。

在铁路部门的配合下，组织自备老K车，把落地煤转运电厂；投资900多万元，购买50辆自备车，投入国铁运营；建立两个货场码头，购买两支船队，开辟了水上运输通道。

1993年，淮北矿务局销售煤炭1230万吨，实现了产销平衡。

实行股份制改造，转换经营机制，为企业增添了活力。

把股民压力变成动力

1994年,西南第一家股票上市公司,即四川峨眉山盐化工业公司,充分利用股份制灵活的运行机制,变股民的压力为动力,深化企业改革,加强企业管理和技术改造,使企业充满生机。

川盐化实行股份制以后,为保护股东权益,避免效益转移,产品成本增加,首先实行了经营性资产与非经营性资产的剥离。

用剥离出去的资产组建了新实业公司,把企业过去的各种服务设施,由福利性转到了经营性上来。

新实业公司突破服务业范围,投资百万余元,与当地酱园厂合资生产新型酱油,其成套设备生产能力居全国第二。

其次,川盐化在实行股份制以后,大力进行技术改造和挖潜。公司先后投资了4400万元,建成了一座全国工艺、设备、材质最先进的、年产30万吨的真空制盐设备。

同时,公司又以较少的投入,挖掘老卤源矿区潜力,将老矿区生产能力由40万吨发展到60万吨。

先进的技术,大大降低了产品的成本。川盐化在股份制改造6年后,百万元以上的技术改造项目13个,创直接经济效益1.7亿元,是公司投资技改费用的2.3倍。

而在1993年,北京市天龙股份有限公司也在努力地探索着规范化的股份制改造道路,带动其高新技术产业、物业、旅游、建筑、证券投资等多项事业共同发展。

1993年,天龙股份有限公司提前一个月超额完成上市公告书确认的利润指标,全年实现利润是上年的1.6倍。

北京市天龙股份有限公司是由国家、法人、个人参股组建,融技、工、贸于一体的股份制集团企业,始创于1986年12月。

1992年5月,公司作为北京首批上市公司之一,在上海证券交易所挂牌交易。

为了在资本市场的检验中站稳脚跟,保证投资者的投入不流失,争取资产增量的最大化,天龙公司全面试行"资本投入产出奖惩责任制",将资产的保值增值作为对下属企业效益考核、奖惩的核心指标。

此外,公司还全面试行"科技成果效益作股、科技人员持股"的办法,增强对科技人员的吸引力、推动力和凝聚力。

天龙公司拥有百名以上高科技人员为骨干的科研队伍,并在电子、生化、现代印刷材料等方面推出了一批具有国内外先进水平的高新科技产品,增强了企业的竞争力。

跳跃的数字见证了一个企业的成长历程:多年前,

湖北银兴广告有限责任公司年终财务报表显示亏损18.3万元，到2005年底跃升为盈利213万元。

从年年亏损到利润逐年递增，这得益于一项重要举措，即股份制改革。

湖北银兴广告有限责任公司是湖北省电影发行放映总公司一家下属企业。1997年，该公司率先引入股份制管理模式，首次允许职工购买公司40%的股份，享受公司红利分配，同时共担投资风险。

职工作为公司股东，参与决定公司的经营和投资计划。身份的转变，点燃了企业活力。至2005年底，该公司总收入达1157万元，是改制前的46倍。

从2000年起，股份制改革在省电影发行放映总公司所属7家子公司中相继铺开。

2005年，由湖北银兴院线改制的湖北银兴院线影业有限责任公司，是国内同业中最早成立的，以资产链接、资源共享、实现跨省运行的院线公司之一。

2005年，银兴院线影业总票房过5000万元，在国内36条院线中稳居第九位。改制当年，利润增长8倍，达到750万元。随着市场经济体制的建立与完善，电影公司垄断地位被彻底打破。公司果断提出"坚持电影主业，大力发展第三产业"的发展思路，产业结构涵盖电影发行、广告、放映器材、文化传播、影片交易和物业租赁等各个方面，不断探索新的管理模式，并最终指向股份制。

股份制改造带来一系列可喜变化，子公司经理从对总公司负责变为对股东负责，职工由被管理者摇身变为公司的主人。

同时，公司还建立了奖惩分明的工作机制，实现了人才资源的合理配置，盘活了原有存量资产，大幅提高了国有资本的保值增值。

企业改制业绩突出

改制，给众多的企业带来了生机和活力。

贵阳建筑设计有限公司党委副书记唐光灿说："进入市场，我们才感觉到人才竞争的激烈。以前由上级安排，现在是我们自己做主，总想挑选更好的。"

早在1981年，原贵阳市建筑设计院就开始进行事业单位企业化管理。

1991年，设计院实行内部技术经济承包责任制。2002年，设计院成功改制为民营股份制企业。

谈及改制，公司副总经理骆传新说，1991年前的工程，绝大部分都是单位领导出面承揽，职工直接对单位领导负责。

而在实行内部技术经济承包责任制后，每位员工都是市场开拓者，直接面对市场承揽任务。思想观念的转变和角色的转换，是全体工程技术人员必须面临的新课题。

公司技术部经理陆亚平，在公司已经干了多年了。陆亚平说："1984年大学毕业就进了公司，那时还是事业单位，工作轻松没压力，有很多空余时间。现在就不同了……"

从捧铁饭碗的国家科技工作者到民营企业的"自由

人"，陆亚平说，当初也对将来充满焦虑和迷惘，但是在公司领导的关心和开导下，大家的观念逐渐转变了。

陆亚平说："以前我是待在办公室里只负责画图纸的纯技术人员。现在，要直接面对市场的筛选，压力就这样来了。不断充实自我、提高业务能力，便成为我工作、生活的重心。"

1998年，陆亚平通过了一级注册建筑师考试。陆亚平说："考职称是一方面，工作多了，遇到的难题也多起来。只有不断地学习，才能应对。"

2000年，陆亚平出任第六设计所所长。陆亚平说："放下知识分子架子，走出院门自找出路，是最难的转变。以前是别人来求你，现在是你要去寻找客户。除了懂业务，还要学会与人打交道，这也是一门大学问！"

那时候，陆亚平和同事们大多数时间和精力，都用在了寻找客户、开拓市场上。

陆亚平说．"听到哪里要修房子，就自己找上门去，碰过不少钉子，不过也有成功的喜悦。实行企业化的管理、改制，带给我个人和公司的变化和好处是明显的。"

贵阳建筑设计有限公司的员工，从改制前的120余人增加到此时的近200人。来自全国各大专院校的毕业生和拥有丰富工作经验、技术职称的技术人才，增加了50余人。

良性的竞争机制和先进的管理制度，让改制后的贵阳建筑设计公司取得了前所未有的优良业绩。

而对于山东蓬莱市黄金总公司，从不足百人、亏损严重的乡镇小矿，发展成为集金、工、贸、科研、教育于一体的国有大型企业，该公司历经10多年的艰苦奋斗，最终实现了从平庸到成功的跨越。

公司所跨出的每一步，所取得的每一个突破，都深深地铭刻着"创新"二字。创新，使公司充满了活力；创新，使公司完成了蜕变。

作为国有黄金生产企业，蓬莱市黄金总公司首先致力于加快黄金产业的发展，积极开展地质探矿和基建技改工程，努力推进矿山现代化建设，不断拓宽和延伸黄金产业链条，形成了集黄金采、选、冶、深加工于一体的生产线。

公司的金、银、铅、锌、铜的综合回收技术，在国内处于领先地位，生产的"金创牌"金锭和金条，是上海黄金交易所指定交易产品。

在做大做强黄金主业的同时，蓬莱市黄金总公司创新思维，超前规划，在行业内开创了"以金为主，多业并举"的发展模式。利用黄金产业的资金优势，实行跨行业、多领域经营。

公司投巨资建起了占地2000亩的两个工业园区，作为招商引资的发展平台，共引进外资3500万美元、国内投资4950万元、配套投资10多亿元。

公司先后与多家国内外知名企业合资合作，建起了铜材、不锈钢、食品、重型卡车、黄金深加工等20多个工业企业，形成了大、高、外、精、尖的发展格局。

经过几年的经营，蓬莱市黄金总公司的发展模式取得了巨大成功。公司生产的"金创牌"产品，细分为6大系列100多个品种，远销20多个国家。

"金创"商标被评为山东省著名商标，"金创牌"不锈钢阀门和铜管被评为山东省名牌产品。

特别是投资7亿元建设的北奔重型汽车项目，二期工程达产后，年产重型汽车5万辆，销售额突破了100亿元。

为优化资源配置和产业结构，公司大力推行体制创新。按照"有进有退"的原则，先后对多个下属企业进行股份制改造，转换经营机制，实现投资主体和产权多元化。

同时，深化企业内部人事、劳动、分配制度改革，建立了有效的激励机制和约束机制。

通过改革，企业活力明显增强，一批优势产业得到快速发展。

走进公司的生产车间，给人印象最深的是整洁、有序，这是公司多年来管理创新的结果。

为提高管理水平，公司曾多次到其他企业取经，学习先进管理经验。引入并推广了"5S""7S"科学管理体系，率先开展了区域网络建设，实现了精细化、信息化管理，大幅提高了生产效率，改善了工作环境。

公司把科技创新作为推动企业发展的重要环节，不断完善科研体系，创新激励机制，培育人才队伍。公司与中国科学院等多所科研院所长期合作，设立了博士后科研工作站，实现了产学研有效结合。

  2000年以来，公司投入科技创新和技术改造资金近亿元，科技贡献率达到40%以上。

  公司还针对市场需求，大力研制开发技术含量高、附加值大、创汇能力强的新产品。新颖的产品不仅拓展了市场，而且提高了品牌影响力，促进了企业的发展。

促进事转企与企社分离

2004年8月,江苏省演艺集团在全国率先实行"事转企"。阵痛带来的是艺术生产力的大解放。过去,干与不干一个样,干多干少一个样,干好干坏一个样。

"事转企"后,集团成为市场主体,生存压力变为竞争动力。"多演多得、优演优酬、不演不得。"

新的机制变"要我干"为"我要干",论资排辈被打破,演员只要有"真玩意儿"就能被破格任用,一大批年轻演员脱颖而出。

改革令企业的艺术理念发生了巨大转变,集团开始真正把艺术作品当作产品来打造,艺术创作的参照系由获奖变为市场。

凤凰出版传媒集团麾下的江苏新华发行集团也于2004年全部实行"事转企"。

集团用三个月时间完成了82家企事业单位的改制,43家事业单位全部转为企业。转企改制后的2005年,集团人均创利便提高了55.2%。

新华发行集团董事长张佩清说:

改制的最大好处是将一个捧着铁饭碗、有惰性的国营老店,全面推向了市场。

员工有了危机感,增强了市场意识和竞争意识,集团开始成为真正意义上的市场主体和经济实体。

如果说,从 2004 年始,江苏省六大文化集团的改革主要以转企改制、整合资源、培育主体为重点,那么,在 2007 年,江苏的改革开始向纵深推进。

通过股份制改造、跨地区兼并重组、筹备上市等,加速向现代企业转型,一些集团开始扮演文化领域战略投资者角色。

1993 年 1 月,原山东济宁抗生素厂改制为山东鲁抗医药股份有限公司,成为全省医药行业首家大型股份制企业。此后,山东鲁抗公司改革不停步,公司采取切实有效的措施,加强内部管理,不断深化改革。

首先转变"官"念,理顺公司内部管理体制。公司取消了干部与工人界限的划分,只有管理人员与员工之别。

同时,本着精简、效能的原则调整管理机构,把 10 多个科室改为 8 部 1 室,面向市场,设立生产技术部、企业管理部、技术开发部、经营部等,大大提高了工作效率。

其次,公司还建立了激励约束机制。通过三项制度改革,形成了管理人员能上能下,员工能进能出,工资有高有低,"升迁看能力,报酬凭贡献,上岗须竞争"的有序管理。

在工资分配制度上,赋予各单位负责人对员工工资收入决定权,较好地解决了大锅饭问题。

在技术攻关、质量管理上,实行责任制,严格奖罚,改变过去有奖无罚的状况,促使国家质量金奖产品鲁抗牌注射用青霉素钠原料及粉针被评为山东名牌产品。

公司内部推行了以利润为中心的经济承包,对固定资产、流动资金实行有偿使用。超额占用流动资金,需向公司交纳利息,从而使各单位生产经营的积极性大大提高。

此外,公司进行企社分离,卸下了办社会的包袱。1993年8月,原济宁抗生素厂改制后,未折价入股的非经营性单位从生产主体中剥离了出来,成立了三叶开发公司,由实业公司、生活服务公司、房地产公司、物资回收公司、环卫公司、职工医院、幼儿园等后勤服务性单位组成。

三叶开发公司成立以来,既保证了后勤服务,又取得了较好的经济效益。

企社分离,减轻了公司办社会的压力,增加了生产经营的动力。

河海公司改组为股份制

1993年,江苏河海公司在原射阳县航运公司基础上,改组成为股份制企业。

随着水运市场全面开放,船舶运力猛增,运价大幅下跌,给水运市场带来巨大的冲击。

虽然已改制为股份制企业,但实际上还是集体持大股占79.2%和职工相对平均持股,职工吃"大锅饭"现象仍没有得到根本解决。一时间,企业陷入了严重亏损的困境,面临极大的生存危机。

2000年3月,改革的大潮把陈仁友推上了江苏河海公司董事长、党委书记的位置。面对严峻的水运市场和困境中的企业,陈仁友一班人清楚地认识到,要使企业焕发生机,必须首先要找准企业的"症结"所在。

公司产权不明晰是制约企业发展的最大障碍,只有走"国退民进"的产权改革之路,才能使企业在困境中求生存谋发展。

为此,公司在县委、县政府和交通局等相关领导的指导下,从细化产权入手,大刀阔斧地对企业进行了改制。

首先对水上船队进行了"产权明晰到船头,风险落实到人头"的切块改制,将公司300多艘轮驳船全部转售给职工,让职工把风险和利益结合在一起,有效地激发了职工的经营意识和竞争意识。

接着,又对公司进行了股权流转,强化了管理者的责任意识和风险意识,使企业真正成为市场竞争主体和独立法人实体。

同时,进一步加大了内部配套改革力度。通过对机关管理人员的精简,驻外人员工资费用与营销实绩挂钩考核,使机关管理人员得到了优化,企业活力得到显著增强。

现代企业的竞争,就是服务、品牌的竞争。河海人始终坚持"时刻对品牌负责,永远让客户满意"的理念,狠抓诚信经营,从强化服务质量和运输质量做起。

针对职工买了船一时不能适应自主经营、自负盈亏的现状,公司科学调整思路,转变机关职能,建立"三热"和"八个确保"的保障机制。即:热心服务、热情指导、热忱排难,确保货源组织、确保运行环境宽松、确保内部事务处理、确保外部关系协调、确保证件办理及时、确保安全管理指导、确保大宗燃料低价供应、确保职工致富。

这些保障机制在几年的实践中解决了职工生产经营中的热点、难点,创造了"卖得出,管得住"的河海独特管理模式,实现由生产经营型向服务管理型的根本转变。

智慧决定思路,思路决定出路。在燃油价格大幅度上涨、运价下跌之初,小吨位船舶的市场竞争能力越来越弱。

要想巩固改制成果,不断开拓新的市场,使公司走上规模化、集约化的又好又快发展之路,就必须千方百计扶持职工调优船舶结构,发展大吨位船舶。

为此,河海公司大力筹措资金,进行船舶更新圆"三梦":

一是2000年改制时,灵活采取35%的优惠政策,将船舶赊销给职工,圆了职工的"购船梦"。

二是向职工提供900多万元内部低息贴息借款,使当初出售给职工每艘143吨以下的驳船,在2002年底,全部完成了扩吨改造,使职工的投资收益提高了一倍多,圆了职工的"技改梦"。

三是针对部分职工购船投资和技改投资收回以后想进一步发展的愿望,引导职工按照京杭运河船型标准化的要求,进行新一轮船舶更新,又为职工提供2000多万元内部低息贴息借款,圆了职工的"更新梦"。

在扶持职工"圆梦"、船舶更新实现"三级跳"的同时,公司坚持多元发展增后劲,跨行业发展投资3000万元,建成了全县首家年产30万立方米商品混凝土生产线,填补了全县建材行业的空白,实现当年投产达效,成为公司重要经济增长极。

为了顺应时代发展潮流,公司科学决策,与江苏最大的水泥企业强强联合,成立南方物流分公司。确立

"缺船找船，缺货找货，船货之间出效益"的创新发展理念，建立辐射"长三角"的物流营销网络。重点抓物流扩面延伸提速增效，发展成为拥有7个办事处、120多艘座舱机船、可控运力6万余吨，年货代运输收入达5000万元的专业物流分公司。

公司已形成水上运输、船货代理、煤炭销售、船舶修造、宾馆食宿、商品混凝土六大经济板块。

在2008年年初的职代会和股东会上，公司确立了2008年至2010年"三增六加强"的发展规划目标，力争实现2010年末经济总量达2亿元，利税超千万的近期目标。

本书主要参考资料

《股份制与社会所有制》何伟著 经济科学出版社

《大转变——国有企业改革沉思录》陈芬森著 人民出版社

《中国经济改革30年》王佳宁著 重庆大学出版社

《中国企业改革与发展案例》张承耀主编 经济管理出版社

《共和国经济风云》赵士刚主编 经济管理出版社

《鲤鱼跃龙门——中国企业改革备忘录》张承耀编著 经济科学出版社

《大型国有经济主体股份制与增强控制力研究》纪尽善著 人民出版社

《中国近代股份制企业研究》朱荫贵著 上海财经大学出版社

《中南海三代领导集体与共和国经济实录》王瑞璞主编 中国经济出版社